Marc RATSIMBA

Maintenant,

suis tes chemins de rêves

Roman initiatique

Édition : BoD-Books on Demand
12-14 rond-point des Champs-Élysées, 75008 Paris
Impression :BoD Books on Demand, Norderstedt, Allemagne

image : Paul BRENNAN (libre de droits)

ISBN : 978-2-3224-1189-4
Dépôt légal : Février 2022

À nos rêves d'enfants

« Vient un temps dans la vie où tu n'as pas d'autre choix que de tracer ta propre route.
Un temps pour poursuivre tes rêves. Un temps pour hisser la voile de tes propres croyances. »

Sergio Bambaren

« J'ai fait des rêves, oui, mais je savais bien qu'ils étaient des rêves [...] et moi, mes rêves, je les voulais démesurés – sinon à quoi bon les rêves ? Et voilà précisément pourquoi ils ne m'ont pas déçu. Si je recommençais ma vie, je tâcherais de les faire encore plus grands, parce que la vie est infiniment plus grande et plus belle que je n'avais cru, même en rêve, et moi plus petit. J'ai rêvé de saints et de héros, négligeant les formes intermédiaires de notre espèce, et je m'aperçois que ces formes intermédiaires existent à peine, que seuls comptent les saints et les héros. »

Georges Bernanos

« On a deux vies et la deuxième commence quand on réalise qu'on n'en a qu'une. »

Confucius

Prologue

L'enfant des rêves m'est apparu quand j'avais sept ans. Il marchait sur un sentier qui menait à la mer en traversant une forêt de pins. Le sentier exigeait de transpirer un peu car l'été était chaud, particulièrement solaire, le sable brûlant pour les pieds et éprouvant pour les mollets. Mais la forêt de pins apportait son lot de fraîcheur et d'apaisement, et la mer au bout était si belle. Comme une immensité infinie dans laquelle se reflétait un soleil sans nuage et dont les rayons généreux produisaient des reflets argentés sur toute la surface de l'étendue bleue.

L'enfant des rêves avançait sur le sable de la plage, respirait à pleins poumons l'odeur de la mer et se délectait à l'avance à l'idée de passer là une partie de sa journée. Une journée au soleil, au bord de l'eau, à profiter simplement du moment présent. Là, il trouverait des camarades de jeu pour partager cette joie de vivre insouciante qui est la marque de l'enfance. Et il rêverait qu'une vie pouvait se résumer à ce chemin vers la mer.

Cet enfant des rêves, c'était moi.

Les Aborigènes sont des marcheurs infatigables sur leurs chemins de rêves. Leur spiritualité se réfère à un temps des Grands Ancêtres qui auraient façonné le monde en insufflant leurs esprits dans les paysages, les arbres, les rochers, et bien sûr les femmes et les hommes qui peuplent leurs terres. Durant l'âge d'or, ces Êtres mythiques auraient ainsi parcouru des chemins qui couvrent toute l'Australie.

Pour ces peuples premiers, il s'agit encore aujourd'hui de rester fidèle à ce temps du rêve en le revivant sans cesse, en suivant ces chemins sacrés tracés par les Ancêtres aux temps des origines. Le rêve est pour eux indispensable à la vie et structure leur existence quotidienne. Il constitue un autre espace-temps, tout aussi réel que l'espace-temps perçu durant les temps de veille, et il véhicule les messages essentiels pour affronter l'existence humaine.

On peut faire des rêves de toutes sortes, à la vérité peu importe leur nature. On peut rêver de gloire, de façonner l'Histoire ou d'être immensément riche, d'être un grand artiste, un grand sportif, un aventurier, un capitaine d'industrie, un entrepreneur qui trouve l'idée du siècle, ou un homme au service des autres, un homme politique, un fonctionnaire ou un dirigeant associatif, à une fonction éminente ou plus modeste, pour apporter du progrès dans le monde, pour le rendre meilleur. On peut rêver d'être un saint ou un héros, de trouver la Vérité avec un grand V, que certains appellent Dieu et d'autres le Progrès, ou de trouver sa propre vérité, de se réaliser pleinement, de trouver la sagesse, l'amour, le bonheur, ou tout simplement de réussir sa vie. D'une certaine façon et à ma manière, j'ai aussi rêvé de tout cela. Mais mon rêve d'enfant, d'adolescent puis de jeune homme, le plus solaire, le plus enfoui au cœur de mon âme, celui qui me correspondait le mieux, c'était de pouvoir passer ma vie sur une plage. Maintenant que j'ai suffisamment avancé dans l'existence, je crois que ma plage des rêves contenait en réalité tous les autres rêves, tous mes rêves.

Le jour où j'ai compris que je m'étais éloigné de cet enfant des rêves, mon seul et unique objectif ne pouvait être que de retrouver sa trace et de me remettre sur son chemin. Et c'est précisément cette histoire de retrouvailles, la seule qui fasse désormais sens pour moi, que je vais vous raconter maintenant.

1.

C'était un charmant petit hôtel qui avait pour nom évocateur « Les Havres Blancs ». Il était situé en bord de mer, sur la côte nord de la Bretagne, dans la partie est de la Baie. Une région à la pointe occidentale du continent européen, seule face au Grand Océan. La fin des terres. Là où pouvaient commencer les rêves.

J'étais venu y passer quelques jours de vacances et ce n'était pas un hasard. Cette région m'a toujours attiré. De ces attirances qu'on a du mal à expliquer et qui ont sûrement quelque chose à voir avec la beauté ou l'esprit des lieux, ou alors avec le fait d'y avoir déjà vécu, dans une autre vie. J'aime assez bien ces explications de nature mystique qui ont le don de me rassurer. Grâce à elles, ce que je vis prend un sens plus profond et tout peut ainsi trouver une justification.

Et puis j'étais aussi venu là pour voir la mer. La mer qui apaise et qui régénère. La mer qui nous remet à notre juste place, en nous confrontant à sa beauté et à son immensité. « *Homme libre, toujours tu chériras la mer* », dit le poète, et c'est ce que je ressentais alors : un terrible besoin de liberté, et d'apaisement aussi.

Car il fallait bien que je me l'avoue à moi-même, que j'accepte enfin de faire face à cette dure réalité : j'étais d'abord venu là parce que je me sentais usé, et que cela durait depuis quelques années déjà. Il était donc temps que je trouve une solution à ce problème auquel tous les plaisirs et les bonheurs que je connaissais malgré tout dans ma vie de l'époque, pas plus que ma sagesse et ma mystique, ne suffisaient à répondre.

Ce n'était pas tellement le diagnostic qui posait question, parce qu'il était clair que j'étais usé par mon boulot. Et plus précisément par ce nombre incalculable d'heures passées en réunions, en rendez-vous, au téléphone ou devant mon ordinateur à traiter tous ces mails, à rédiger toutes ces notes, à répondre à toutes ces sollicitations. Avec cette pression permanente de l'urgence qui laisse ce sentiment désagréable que ce qu'il y a à faire aurait déjà dû être fait depuis hier et que la journée, la soirée et le week-end ne suffiront pas pour faire face à la masse de ces tâches encore à réaliser. Et puis il y avait ces dizaines de décisions, de plus ou moins grande importance, à prendre tous les jours pour avancer. Et le lendemain, il fallait affronter de nouvelles décisions, de nouvelles urgences qui avaient balayé celles de la veille. Décider, agir, répondre, sans fin, avec cette impression redoutable de ne plus être maître de son temps, ce qui n'était pas qu'une impression d'ailleurs, mais bel et bien une réalité.

Mais il y avait plus grave que cette pression, que j'avais très bien acceptée pendant vingt ans sans rechigner et que j'aurais pu continuer à accepter vingt ans de plus, avant de prendre une retraite comme on dit bien méritée. Non, le plus inquiétant n'était pas cela, mais la perte de sens que je ressentais et qui m'empêchait désormais d'accepter tout ce stress qui ne m'avait jusque-là jamais vraiment posé problème.

Des questions mortelles pour la motivation s'étaient progressivement instillées en moi. Pourquoi faire tout cela, produire autant d'efforts, sacrifier l'essentiel de ses journées et au final, de sa vie ? Dans quel but ? Est-ce que mes activités professionnelles avaient une telle importance qu'elles pouvaient justifier toute cette pression ? Est-ce qu'il fallait trouver le sens dans ce salaire confortable qu'elles me rapportaient et qui me permettait de me faire plaisir, de m'offrir de belles vacances et toutes les choses dont j'avais envie sans jamais me poser de questions d'argent ? Je finissais par bien connaître ces interrogations depuis des mois, voire des années déjà, et je les tournais et retournais dans ma tête sans y trouver de réponses satisfaisantes. Mais ce qui avait changé depuis peu, c'est que j'avais enfin pris conscience que je tournais en rond et que je restais désespérément enfermé dans cette routine qui m'apportait un certain confort tout en me consumant à petit feu.

J'avais sincèrement aimé mon boulot. À tel point que j'avais fait preuve d'une grande stabilité dans ma boîte pendant vingt ans, commençant comme analyste économique dans cette entreprise multinationale, puis évoluant vers le poste d'analyste en chef, à la tête d'une petite équipe qui scrutait les mouvements de l'économie mondiale. C'était un domaine passionnant, que j'avais étudié dans une grande école et qui était au cœur du fonctionnement du monde contemporain. L'économie dirigeait tout, dans ses grandeurs comme dans ses excès, et il valait mieux en comprendre les ressorts les plus intimes si on voulait être capable d'en maîtriser les potentiels autant que les risques. C'était pour les éclairer dans cette connaissance des dynamiques et des menaces de l'économie mondiale que mes patrons me payaient. Et il fallait reconnaître qu'ils me payaient bien.

Alexandre, mon meilleur ami, avait son idée sur la raison qui expliquait la perte de sens dont j'étais victime. Les dérives de l'économie mondiale, ce qu'elles provoquaient en termes d'explosion des inégalités et de destruction de l'environnement, n'était-ce pas cela qui questionnait le sens même de mon travail ? Fallait-il que je continue par mon activité professionnelle à alimenter cette économie prédatrice qui détruisait tout sur son passage ? Et puis la pression dans les entreprises était toujours plus forte, à la limite du supportable. Alors quelle pouvait bien être l'issue de tout cela, après autant d'années de bons et loyaux services sans jamais compter ses heures et ses sacrifices ?

J'étais sensible à l'explication d'Alexandre mais au fond de moi, je n'étais pas totalement convaincu, parce qu'il était précisément le contre-exemple de ce qu'il disait. Lui avait choisi la voie du service public, une voie professionnelle *a priori* très différente de la mienne. Une voie évidemment noble, au service de l'utilité publique et du bien commun plutôt que des intérêts privés et strictement économiques. Mais quand je l'écoutais parler de son boulot, je sentais bien qu'il était aussi usé que moi. La vérité, c'est que le secteur public connaît la même pression que le secteur privé. À cause du modèle économique d'hyper productivité et de rentabilité qui s'est imposé dans tous les domaines de la vie ? Cela joue forcément, mais je ressens toujours une méfiance spontanée pour les explications qui paraissent ainsi simples et définitives.

Mon réflexe intellectuel est de me dire qu'il peut y avoir une explication plus complexe. Quelque chose dans l'air du temps, voire dans la nature humaine elle-même, qui ne se réduit pas à l'explication politique ou économique du moment. Et si l'idéologie actuellement triomphante s'expliquait par des raisons plus profondes, constitutives de nos ambiguïtés, de nos contradictions, voire de nos aspirations humaines, trop humaines, que la modernité et l'économie viendraient simplement exacerber ? Et si aucune réforme politique, aussi fondée soit-elle, ne pouvait résoudre véritablement le problème, puisqu'elle conduirait à remplacer le système actuel par un autre système, qui aurait aussi ses limites et ses perversités ? Et si le seul changement qui ait du sens devait d'abord porter sur les femmes et les hommes eux-mêmes, sur ce qui oriente leurs choix et leur vision de la vie ? À l'époque, je me sentais, et je me sens d'ailleurs toujours plus à l'aise avec cette hypothèse qui correspond au changement auquel j'aspire pour moi-même.

La semaine précédant mon séjour en Bretagne, nous avions passé une super soirée à débattre avec Alexandre de ces sujets idéologico-philosophiques. Comme tant d'autres de ces soirées durant lesquelles ces joutes intellectuelles nous donnaient le sentiment d'exister. Et pourtant, même de cela, j'avais réalisé avec une certaine surprise que je commençais à être fatigué. J'en avais assez de toutes ces questions car ce que j'attendais désormais par-dessus tout, c'était des réponses, ou au moins un début de réponse.

Quelques jours après, Stéphanie, la compagne d'Alexandre, m'avait appelé et j'avais tout de suite compris au ton de sa voix qu'il s'était passé quelque chose de grave.

- Malo ? C'est… Steph…
- Steph ? Il se passe quoi ? Tu as une voix bizarre.
- C'est… Alex…
- Quoi Alex ? Il lui est arrivé un truc ?
- Un grave accident… Il est… dans le coma…

Sa voix était déchirée par les sanglots. Je ne savais pas trop quoi dire. C'est si difficile, l'art de consoler, et j'étais moi-même très affecté par la nouvelle.

J'étais allé voir Alexandre à l'hôpital. C'était un choc de le voir ainsi intubé, inerte, sans réaction à mes sollicitations. Si différent de l'ami que je connaissais et avec qui j'avais l'habitude de discuter pendant des heures. Et j'avais si peur de le perdre. Tout à coup, la vie m'apparaissait si fragile et nos façons de remplir nos existences, si dérisoires.

Décidé à faire un *break* pour me reposer et réfléchir à tout ça, j'avais donc demandé à mon *boss* si je pouvais prendre quelques jours de congé. Il avait grimacé tout en se montrant disposé à me concéder dix jours, en me lançant malgré tout : « vous ne vous rendez pas compte, avec la situation économique actuelle qui part en vrille, on a besoin de vous ! ». J'avais réussi à négocier dix jours. Fier du résultat de ma négociation, il ne me restait plus qu'à compter les jours, dix et pas un de plus, pour faire le point et réussir à prendre enfin une décision sur la manière dont j'envisageais la suite de mon existence.

2.

Le premier soir de mon arrivée à l'hôtel, j'étais allé me poser au bar pour boire un verre avant de dîner. Le barman était un jeune homme d'une vingtaine d'années dont la tête me rappelait vaguement quelqu'un. Il est toujours troublant de ressentir cette impression de déjà-vu.

Je m'assis au comptoir, commandai un whisky et entamai la discussion avec le barman, qui ne paraissait demander que ça.

- Excusez ma curiosité, mais vous êtes anglais ?
- Non, américain, me répondit le jeune homme presque sans accent et avec un charmant sourire.

Décidément, ce sourire me disait quelque chose, ainsi que le fait qu'il soit américain.

- On ne croise pas beaucoup d'Américains dans la région, observai-je, histoire d'entretenir la conversation.
- C'est ce qu'on me dit souvent.
- Pardon de manquer d'originalité, ça doit être un peu pénible pour vous d'entendre toujours la même réaction... Et vous êtes ici depuis longtemps ?

- Depuis seulement trois mois. Je devais faire un stage à l'étranger dans le cadre de mes études en hôtellerie/restauration, et j'ai obtenu ce stage en France.
- Ça n'a pas dû être facile de trouver un stage ici en étant étudiant américain...
- Je voulais absolument le faire en France, alors j'ai dû envoyer une centaine de CV, et ça a fini par marcher.

Le garçon était opiniâtre et il n'avait manifestement pas froid aux yeux. C'était un charme supplémentaire à mettre à son actif, en plus de son magnifique sourire.

- Désolé, vous allez me trouver très curieux, mais pourquoi vouloir absolument faire ce stage dans notre cher et beau pays ? insistai-je.
- J'ai passé des vacances sur la Côte d'Azur avec ma mère, ma sœur et mon petit frère, il y a cinq ans, et j'ai tellement adoré ce séjour que j'ai eu envie de revenir en France. Ce stage obligatoire à l'étranger était l'occasion rêvée pour le faire.
- Ah oui ? Sur la Côte d'Azur... il y a cinq ans... Où exactement ?
- Dans un camping, dans le Golfe de Saint-Tropez.
- Mais c'est ça, bien sûr ! Vous aviez une casquette rose et vous faisiez du *skate-board* !
- Euh... oui, c'est ça... Mais comment...
- Vous étiez déjà le seul Américain dans le coin à l'époque, et comme nous nous retrouvions souvent côte à côte pour manger au resto de plage, je me souviens très bien de vous et de votre petite famille !

Tout s'éclairait. Ce visage qui m'était vaguement familier était donc celui d'un garçon croisé cinq ans auparavant pendant des vacances dans mon camping favori sur la Côte d'Azur. Tout s'éclairait, mais la coïncidence de le retrouver dans ce petit hôtel en Bretagne était quand même incroyable, et le jeune barman parut l'apprécier à sa juste valeur.

- Moi c'est Malo, précisai-je en lui tendant la main.
- Et moi Jayce, répondit-il en me gratifiant d'un nouveau sourire.
- Parfait Jayce, alors je bois à nos retrouvailles !

Je dois bien avouer que je passai le reste de la soirée à méditer sur le sens de ces curieuses retrouvailles. La vie m'avait déjà appris que tout avait un sens, que tout faisait signe et que rien n'était un hasard. Mais comment interpréter le fait de retrouver ainsi ce jeune Américain croisé cinq ans auparavant sur ma plage varoise préférée ? Ma plage des rêves... Depuis quelque temps, je repensais souvent à ce rêve que je faisais quand j'étais enfant, à ce sentier qui menait vers la mer, et je réalisais à quel point cet esprit de l'enfance me manquait. Et si ce jeune Américain était le signe qu'il fallait que je renoue avec l'enfant des rêves que j'avais été, avec ma plage des rêves ? En tout cas, j'étais sûr d'une chose : il n'y a pas de hasard dans nos rencontres, et encore moins quand elles comportent de telles coïncidences.

J'interrogeai ma mémoire pour retrouver ce que m'avait évoqué Jayce quand nos vies s'étaient croisées la première fois. Dans mon souvenir, j'avais été frappé par son incroyable sourire et par la joie de vivre qui paraissait unir sa petite famille, avec cette formidable énergie caractéristique des gens du Nouveau Monde et qui transparaissait dans tous les jeux de plage qu'il pratiquait avec son petit frère. Je me rappelais quand même l'avoir vu se disputer avec sa mère, un soir au resto, preuve que le quotidien de cette famille n'était pas toujours rose. Mais je me souvenais surtout que sa mère prenait grand soin de lui, qu'il paraissait avoir terriblement besoin de son affection et de son réconfort, et que cette image m'avait sincèrement touché.

Ce que ce souvenir dans le Sud m'évoquait donc, dans ce contexte de vacances, de détente et de dépaysement propice à voir la vie autrement, c'était cette énergie de vivre, ainsi que la possibilité de renouer avec ses rêves d'enfant. La possibilité, ou bien plutôt la nécessité ?

Après le dîner, je retournai au bar, curieux d'en savoir un peu plus sur ce jeune Américain dont je n'avais fait que deviner la vie, en l'observant sous le soleil d'une plage varoise et dans la douceur des soirées méditerranéennes. À l'époque, le pouvoir de mon imagination avait joué à plein, comme à son habitude, et il s'agissait maintenant de vérifier si je ne m'étais pas trop trompé sur lui.

Je m'installai dans l'un des fauteuils cosy de l'espace bar et commandai à Jayce un Get 27. Comme j'étais le seul client présent et qu'il commençait à se faire tard, le jeune homme me demanda si je voulais bien l'accompagner sur la terrasse pour griller une cigarette, ce que j'acceptai avec plaisir.

Dehors, la nuit était douce, comme elle pouvait l'être en plein cœur de l'été, et la vue sur le port et sur les bateaux de plaisance était apaisante.

- Pas mal, comme cadre de travail, observai-je en allumant ma cigarette.
- J'aurais préféré le Sud et en particulier le Var, mais quand cet hôtel m'a accepté et que j'ai vu que c'était au bord de la mer, j'ai dit oui tout de suite, de peur de ne rien trouver d'autre pour faire mon stage en France. Mais dès que mon stage sera terminé, j'utiliserai l'argent que j'ai gagné pour retourner passer quelques jours sur la Côte d'Azur !

Il avait dit ça avec des étoiles dans les yeux, en prononçant « Côte d'Azur » avec cette pointe si légère d'accent américain qui contribuait à son charme.

- Et après, tu retourneras aux États-Unis pour finir tes études en hôtellerie/restauration et trouver du boulot là-bas ?
- Sûrement, mais j'aimerais ne pas faire ça trop longtemps. Je passe régulièrement des castings pour devenir acteur. C'est ça, mon rêve !
- Mais c'est génial ça ! Je me souviens que tu faisais tout le temps le pitre, quand nous nous étions croisés il y a cinq ans. Tu es très doué pour ça et je suis sûr que tu feras un excellent acteur !
- Tu crois vraiment ?
- Bien sûr ! Tu as du talent et une belle gueule d'acteur, alors fonce !

Jayce était sincèrement touché par mes encouragements, auxquels il paraissait accorder une certaine valeur. Quant à moi, j'étais impressionné et, à la vérité, un peu troublé par l'enthousiasme et la joie de vivre de ce gamin. S'il y avait un enfant des rêves ce soir-là sur cette terrasse, c'était bien lui, sûrement pas moi.

3.

C'était le deuxième jour de mon séjour aux Havres Blancs. Je me souviens de ce jour comme si c'était hier. Le jour où je l'ai rencontré.

J'avais passé la journée à flâner dans le coin et à me reposer dans ma chambre. Et puis j'étais allé faire une balade en fin d'après-midi sur le sentier des douaniers, pour retrouver la sensation de bien-être et d'apaisement que j'avais ressentie en empruntant le même chemin le jour de mon arrivée à l'hôtel.

D'un pas décidé, je me dirigeai vers le banc où je m'étais déjà assis la veille, pour humer l'air de la mer et rêvasser devant son immensité, quand je découvris qu'il était occupé. Un homme se tenait là, avec l'air tranquille de celui qui a tout son temps et ne paraît pas disposé à partir, ce qui n'était pas pour arranger mes affaires.

Je contournai le banc en passant tout près de l'homme et m'avançai au bord de la falaise qui dominait la mer, avec le vague espoir que cela le dérangerait et qu'il finirait par me céder la place.

- Vous ne devriez pas vous approcher autant du bord.

L'homme avait dit ça sur un ton empreint d'une certaine bienveillance. Je me retournai vers lui pour découvrir un visage souriant, marqué par les ans, qui dégageait une grande sérénité et inspirait d'emblée confiance.

- Excusez-moi, je ne voulais pas vous déranger, répondis-je, un peu honteux de mon mensonge.
- Où va le monde, si nous nous mettons à être dérangés par la présence d'autrui ? Asseyez-vous donc, puisque c'était le but de votre venue ici.
- Comment... comment savez-vous que...
- Allons, allons... Vous comptiez vous asseoir sur ce banc, et ma présence vous a dérangé, vrai ou faux ?

Je compris tout de suite qu'il était inutile de mentir plus longtemps à cet homme.

- Vrai...
- Alors asseyez-vous ! Et si ma compagnie ne vous est pas agréable, il ne faut pas hésiter à me le dire et je m'en irai.
- Non, non, je vous en prie, restez...

Je m'assis à côté du vieil homme et nous contemplâmes quelques instants la mer sans rien dire.

- Vous êtes ici en vacances ? finit-il par me demander.
- Oui, c'est ça. Je viens de Paris et cet endroit est vraiment idéal pour se ressourcer.
- Vous en aviez besoin, n'est-ce pas ?

La conversation prenait d'emblée un tour assez personnel, mais quelque chose me disait que j'avais intérêt à me livrer à cet homme qui paraissait habité par une grande sagesse. Plus tard, je comprendrais que j'avais eu mille fois raison de me fier ainsi à mon instinct.

- La vie à Paris est une folie, et je ne vous parle même pas de mon travail, avançai-je sans avoir réfléchi à ce que je disais là.
- Justement, parlez-moi de ça.
- Je ne suis pas certain que vous ayez envie d'entendre mes jérémiades à ce sujet.
- Si je n'avais pas envie d'entendre ce que vous avez à me dire, vous croyez vraiment que je vous aurais proposé de vous asseoir à mes côtés et d'entamer cette conversation ? répliqua-t-il avec un grand sourire. Vous avez prononcé le terme de « folie », alors allez donc jusqu'au bout de votre pensée, au lieu de ne dire et de ne faire les choses qu'à moitié, et de rester ainsi au milieu du gué !

C'était la première d'une longue série de leçons que me délivrerait le vieil homme : quand on s'engage sur un chemin, il faut le suivre et ne pas renoncer après n'avoir marché que quelques pas.

- OK, vous l'aurez voulu ! m'exclamai-je. Disons que j'en ai marre de mon boulot, qu'il ne m'apporte plus une entière satisfaction depuis longtemps déjà, que j'ai besoin de prendre du recul, et que je suis totalement perdu sur ce que je dois faire par rapport à tout ça !

Le vieil homme me lança ce regard bienveillant qui préparait si bien à entendre une vérité difficile à admettre, avant de lâcher :

- Moi je crois que vous n'êtes pas si perdu par rapport à tout ça et que vous savez très bien ce qu'il faut faire pour remédier à cette situation.
- Comment... comment ça ?

- Si vous en avez marre de votre boulot depuis aussi longtemps, vous savez très bien que la meilleure solution, et sans doute la seule, c'est de quitter ce boulot.
- Vous... vous en avez de bonnes, vous ! Ce n'est pas si simple ! affirmai-je sur un ton qui ne cherchait pas à dissimuler mon agacement.
- Je crois que vous m'avez mal compris. Je ne vous ai pas dit que c'était simple.
- Alors quoi ?
- Cela peut être simple de savoir ce qu'il faut faire, surtout quand on rumine ces choses depuis longtemps comme c'est votre cas, mais ce n'est pas du tout simple de prendre la décision de le faire. Et si vous en êtes d'accord, je suis prêt à vous aider pour cela.
- Ah oui ? Et pourquoi le feriez-vous ?
- Parce que c'est mon métier.
- Votre métier, m'aider à prendre une décision ? Mais quelle sorte de métier exercez-vous donc pour faire ça ?
- Je suis sophia-thérapeute.

Je n'avais jamais entendu parler de ce métier, pour la simple et bonne raison qu'il n'existait pas et que c'était cet homme qui l'avait inventé. Sophia-thérapeute, du grec *sophia*, qui veut dire sagesse. Son métier consistait donc à soigner les gens grâce à sa sagesse.

L'homme m'expliqua qu'il pouvait m'accompagner pendant toute la durée de mon séjour aux Havres Blancs et que nous pourrions nous retrouver tous les jours à 18 heures sur ce banc. Il me précisa que je pourrais lui payer la somme que je voulais, ou plus exactement la somme que j'estimerais lui devoir pour la qualité de son travail. Ce serait à moi de juger, mais il était indispensable que je suive à la lettre ce qu'il attendrait de moi, et que je respecte toujours l'horaire de nos rendez-vous.

Et c'est ainsi que je me retrouvais embarqué avec ce sophia-thérapeute dans un processus qui devait, s'il réussissait et produisait l'effet escompté par le vieil homme, m'amener à prendre la décision de changer de vie.

4.

L'après-midi du troisième jour, je quittai l'hôtel pour m'engager sur le sentier des douaniers et faire cette balade que j'aimais tant en direction de la digue et de son accès à la grande plage. Le soleil chauffait le chemin et accentuait les odeurs de la végétation. Une légère brise venue de la mer soufflait, rendant cette marche très agréable.

J'étais perdu dans mes pensées quand mon attention fut attirée par des rires d'enfants. Face à moi, un groupe de gamins s'avançait, encadré par des animateurs qui paraissaient avoir le plus grand mal à les canaliser. Je tentai de me frayer un passage à contre-courant du groupe qui progressait inexorablement, avec cette énergie si caractéristique de l'enfance. J'étais arrivé au bout de la file quand je croisai le regard d'un animateur qui fermait la marche pour s'assurer qu'aucun gamin ne restait en arrière. Le jeune homme, qui était plutôt grand et tenait par la main un tout petit bonhomme qu'il essayait de consoler de ses mésaventures du jour, me dévisagea tandis que nous échangions un furtif bonjour.

Je songeai aux vers de Victor Hugo, « *n'être que cet homme qui passe, tenant son enfant par la main* », et l'image de cet animateur resta gravée dans mon esprit pour le reste de l'après-midi.

En revenant de ma balade sur la digue, je retrouvai le sophia-thérapeute sur le banc à 18 heures précises, comme je m'y étais engagé lors de notre première rencontre.

- Je vois que vous commencez à prendre vos habitudes en arpentant ce chemin côtier, observa-t-il pour engager la conversation.
- J'aime marcher, et la vue de la mer m'apaise.
- Le temps d'une petite semaine de vacances…
- Ne soyez pas cruel en me rappelant ainsi le côté éphémère de ces moments, implorai-je.
- Au contraire, nous allons essayer de comprendre comment ces moments pour l'instant éphémères pourraient devenir permanents.
- J'aimerais tellement…
- Ne parlez pas ainsi au conditionnel. Il est grand temps de vous écouter, et de faire ce que votre cœur vous inspire, vous ne croyez pas ?
- Vous reconnaissiez hier que ce n'était pas si simple, alors dites-moi comment vous feriez si vous étiez à ma place pour changer de vie.
- Si vous voulez bien, nous allons prendre les choses dans l'ordre.

Ce mot « ordre » qu'il avait employé avait cette vertu magique de rassurer l'homme perdu que j'étais. Puisque nous pouvions procéder avec ordre et méthode, cela signifiait que le processus était bien balisé, que les étapes en étaient identifiées, qu'il avait un début, un déroulement et une fin, et donc qu'il pourrait bien me mener quelque part.

- Tout d'abord, attaqua le vieux sage, parlons un peu du rapport que l'homme moderne que vous êtes entretient avec l'idée de changement. Ce rapport est très particulier à notre époque. Jusqu'au milieu du XXe siècle, les gens ne rêvaient pas de changer de vie, à l'exception de quelques rares aventuriers ou voyageurs tentés par l'appel du large. Ils passaient leur existence au même endroit, en général à quelques kilomètres de leur lieu de naissance, à exercer le même métier, dans un monde stable socialement et culturellement où les déterminismes étaient forts pour maintenir l'ordre des choses. Il était difficile de changer les bases du destin ainsi posées dès la naissance, dans une existence écrite à l'avance et composée pour la grande majorité des gens de travaux agricoles et de problèmes domestiques. Longs, risqués et coûteux, les voyages n'étaient envisagés que par absolue nécessité, ou par des gens riches quand il s'agissait de voyages d'agrément. En 1900, l'espérance de vie en France était de 50 ans, soit 500 000 heures réparties en 200 000 heures de travail, 200 000 heures de sommeil, et 100 000 heures pour tout le reste. En comparaison, un Français dispose aujourd'hui de 700 000 heures de vie, dont 300 000 à 400 000 consacrées à son temps libre.
- C'est une différence énorme en l'espace d'une centaine d'années ! Et en plus, j'imagine que les conditions d'utilisation de ce temps libre sont tout à fait différentes.
- Exactement, confirma le sophia-thérapeute. La société est aujourd'hui plus ouverte aux

opportunités, le champ des possibles s'est élargi pour toutes sortes de catégories sociales beaucoup plus diverses qu'avant, et les distances se sont raccourcies avec les déplacements plus faciles et moins coûteux. Mais un autre point majeur nous intéresse particulièrement pour le rapport de l'homme au changement, c'est que l'information et le savoir circulent désormais largement, ce qui a développé le libre arbitre des gens, qui ne sont plus assignés à une pensée et une façon de voir les choses déterminées à la naissance.

- Je commence à comprendre ce que vous entendez par la modification de notre rapport au changement.

- Nous n'avons jamais eu autant de choix de toutes sortes ni de possibilités de bouger, de déménager, de voyager, de changer de point de vue, de boulot et au final, de changer de vie. Et le statut du changement a évolué avec ce nouveau contexte. Désormais, il faut accepter d'être mobile, flexible, de saisir les opportunités, de savoir se remettre en question. Savoir « sortir de sa zone de confort », comme on dit maintenant pour être à la page !

- Mais c'est plus facile à dire qu'à faire… Et puis cette flexibilité n'est pas possible pour tout le monde, car il reste quand même de grandes inégalités face à toutes ces opportunités qui s'offrent à nous.

- Bien sûr, et c'est l'un des drames de notre époque. Il y a une injonction à changer, et des rêves de changement qui apparaissent dans toutes les catégories sociales. Mais les contraintes demeurent pour celles et ceux qui ne disposent pas des bonnes capacités matérielles, financières, culturelles, sociales, et qui sont ainsi confrontés au sentiment douloureux de devoir vivre une vie limitée par ces contraintes, face à tant de possibilités inaccomplies. Et de passer ainsi à côté de l'opportunité de vivre une autre vie, meilleure que celle qui est la leur.

- Ce que vous dites est désespérant... soupirai-je.

- Je ne dis pas ça pour vous désespérer, sinon notre travail ensemble s'arrête là et vous pouvez tout de suite retourner à votre hôtel pour noyer votre désespoir dans l'alcool, ou par tout autre moyen susceptible de vous faire oublier les difficultés inhérentes à toute vie humaine. Mais bien entendu, je ne vous ai pas proposé de faire un bout de chemin avec moi pour en arriver là ! Si j'ai commencé par vous dresser ce tableau du rapport de l'homme moderne au changement, c'est pour vous faire comprendre que compte tenu des opportunités et des injonctions créées par notre époque, il est inévitable de se confronter à cette question du changement et à la possibilité de le mettre en œuvre dans notre vie. Et il se peut très bien qu'à l'issue de ce questionnement, vous en veniez à la conclusion que vous ne voulez pas vraiment changer de vie.

- Si, si, je veux changer, c'est sûr ! m'exclamai-je en poussant un cri qui venait du fond du cœur.

- Ça, j'avais bien compris, mais c'est beaucoup mieux de vous l'entendre dire aussi clairement, en allant chercher cette conviction au plus profond de vous, répondit le vieux sage, un grand sourire aux lèvres. Êtes-vous suffisamment au clair sur les raisons pour lesquelles votre vie actuelle ne vous plaît plus, sur ce que vous ne voulez plus ?

- Je ne veux plus de cette pression permanente, de cette vie à courir d'activité en activité, d'urgence en urgence, enfermé dans une routine qui rythme mes journées, ma semaine, mon année, et même mes week-ends et mes vacances, ne me laissant que peu de marge de liberté et de créativité. Et puis je n'apprécie plus la vie en région parisienne. Trop de monde partout, trop de circulation, trop de stress, de fatigue générée par tout ça et de rapports dégradés entre les gens. Les gens sont tellement stressés et fatigués dans cette région qu'ils ne sont plus capables de rapports normaux avec les autres.

- Je vois. Vous avez senti grandir en vous une insatisfaction de plus en plus difficile à supporter par rapport à vos activités et à votre cadre de vie, avec cette pression devenue toxique pour votre équilibre, peut-être même génératrice de problèmes de santé, et une impression très désagréable d'être dans des routines, une vie répétitive et coupable de n'être que quotidienne, dans une région dont vous ne voyez que les inconvénients et plus les avantages. En clair, vous avez acquis la conviction que votre vie actuelle ne vous ressemblait plus, qu'elle était loin de celle à laquelle vous aspiriez, qu'elle n'était plus en phase avec vos attentes et vos désirs.

- Oui, oui, c'est tout à fait ça ! m'empressai-je de confirmer.

- De plus, vous avez sans doute une conscience aiguë du temps qui passe inexorablement et qui va réduire au fil des ans vos opportunités de vivre une autre vie. Quel âge avez-vous ?
- 46 ans.
- Vous savez sûrement que vous vivez quelque chose de très classique à votre âge, qui vient avec la quarantaine et qui est une crise du mitan de la vie. La conscience d'être au milieu de son existence de mortel conduit à s'interroger sur sa vie actuelle et à venir, et cela peut générer le besoin de se libérer d'un modèle de vie que l'on s'est imposé à soi-même avec le temps et qui ne nous convient plus.
- J'ai bien sûr entendu parler de cette crise que traverse tout homme de mon âge et j'y ai réfléchi, mais je n'ai pas encore réussi à trancher sur les changements que je devais introduire dans ma vie pour y répondre.
- C'est tout l'objet de notre travail, qui a pour point de départ la conscience indispensable que vous voulez absolument ce changement. Ce qui est très clair d'après ce que vous exprimez sur le ras-le-bol de votre vie actuelle.

Le sophia-thérapeute s'interrompit pour m'inviter à réfléchir quelques instants à tout ce que l'on venait de se dire. Il devait considérer que nous avions franchi une première étape dans le travail à mener ensemble et en paraissait très satisfait.

- Dernier point important pour notre séance d'aujourd'hui, poursuivit-il, après avoir fixé l'horizon pendant plusieurs minutes pour me laisser le temps de digérer notre échange : lors de nos prochaines séances, il va falloir me raconter les expériences qui vous auront marqué durant la journée, pour que nous puissions y réfléchir et en tirer des leçons pour cette question du changement qui nous occupe.

- Entendu…
- Alors allez-y, qu'est-ce qui vous a marqué aujourd'hui ?
- Des rires d'enfants, et l'image de l'animateur qui les accompagnait.
- Ça c'est intéressant.
- Comment ça ?
- Les enfants ont un rapport au changement très différent de celui des adultes. Ils ne se sont pas encore bâti toute une expérience du connu, qui est un prisme déformant de la réalité et surtout des possibilités infinies offertes par la vie, et ils ont beaucoup moins de choses à perdre. Vous avez spontanément senti cette innocence propre à l'enfance, et vous avez envié cet animateur dont le métier lui permet de rester en contact avec cette innocence. Quel était votre rêve d'enfant ?

Bien sûr, le vieux sage savait que cette question me touchait au plus profond. Il paraissait avoir le chic pour aller chercher l'essentiel.

- Un chemin qui menait vers la mer, avouai-je.
- Évidemment. C'est pour ça que vous êtes venu ici, au bord de la mer, pour réfléchir à votre vie…

Je restai silencieux. L'évocation de ce rêve m'avait ému et replongé dans mes aspirations les plus enfouies et qui ne demandaient qu'à se réveiller. C'était une sensation à la fois troublante et délicieuse.

- Que faites-vous demain soir ? finit-il par me demander.
- Rien de spécial. Je serai à l'hôtel.
- Alors vous m'accompagnerez au centre nautique. J'y anime une soirée conte pour les enfants. Ce sera très instructif pour vous, et cela remplacera avantageusement notre séance de 18 heures.
- C'est d'accord, j'y serai.

5.

L'homme assénait ses certitudes avec cet aplomb qui caractérise ceux qui ont réussi dans la vie et ne se posent plus de questions. Il m'avait trouvé sympathique quand nous avions engagé la discussion au bar de l'hôtel et m'avait offert un verre. Nous nous étions assis au comptoir tandis que Jayce nous servait les deux chardonnays que nous avions commandés.

- Vous qui travaillez comme analyste pour cette grande boîte, vous ne trouvez pas qu'il y a de l'argent facile à se faire en ce moment ? me demanda-t-il.
- Il y a de l'argent à faire, c'est sûr, mais je n'ai jamais trouvé que c'était facile, répondis-je avec prudence, pour ne pas couper court d'emblée à la conversation.
- Moi, je me suis fait 50 000 € en quelques jours cet hiver, simplement en jouant le pétrole à la hausse, triompha-t-il.
- Au moins, voilà quelqu'un qui aura apprécié la hausse du pétrole... Mais ne parlez jamais de ça aux gens qui finissent dans le rouge à la fin du mois à cause de l'augmentation des prix à la pompe...
- Oh, ne vous inquiétez pas, je sais à qui je peux parler de ça, et avec qui il vaut mieux rester

discret, répondit-il en m'adressant un clin d'œil qui se voulait complice.

- 50 000 €, c'est en tout cas une somme plus que correcte pour pouvoir vivre toute l'année.

- Je dois vous avouer que ce n'est rien pour moi et que je ne me contente pas de ça.

- Moi, je gagne 800 € par mois avec mon indemnité de stagiaire et je m'en contente, se permit d'intervenir Jayce, que j'observais discrètement et qui n'avait rien raté de notre conversation.

Je perçus une pointe de mépris dans le regard que le *golden-boy* lança au jeune Américain. Mais l'homme était bien élevé et savait dissimuler sa véritable pensée derrière une façade de politesse.

- C'est cool, si tu es content comme ça et que tu te plais ici.

- Je gagnerai sûrement mieux ma vie quand je serai acteur, mais ce n'est pas pour ça que je veux faire ce métier, insista Jayce.

- Mais il faut être ambitieux mon gars ! Les plus grands acteurs sont multimillionnaires et avec ta gueule d'ange et ton bagout, ça devrait être à ta portée !

- Je crois que Jayce veut dire que ce n'est pas sa motivation première pour devenir acteur, appuyai-je en adressant un clin d'œil discret au jeune barman.

- Oh, c'est tout à fait noble de sa part, réagit le *golden-boy*, mais il changera vite d'avis quand il commencera à sentir l'odeur de l'argent !

- Je pensais pourtant que l'argent n'avait pas d'odeur...

- C'est une expression, comme j'aurais pu dire le goût de l'or.
- Ou la soif de l'or... Je vois ce que vous voulez dire, affirmai-je, en essayant de ne pas paraître trop moqueur.
- Et vous en tant que chef analyste, n'avez-vous jamais éprouvé ce goût-là ?
- Pas plus que ça, non.
- C'est peut-être que vous n'en avez pas gagné assez...

Il avait dit ça sur un ton destiné clairement à me rabaisser. Pourtant, je ne m'en offusquai pas, réalisant à quel point je me sentais éloigné de son univers entièrement gouverné par l'appât du gain, et beaucoup plus proche du rêve de Jayce, qui n'arrêtait pas de me lancer des regards amusés. Une pensée me traversa l'esprit tandis que l'homme m'exposait dans le détail de quelle manière il parvenait à augmenter sans cesse sa fortune, qui devait déjà être considérable : *je n'aimerais pas finir comme lui, à perdre ainsi ma vie à la gagner.* Et puis une autre pensée me vint, immédiatement derrière : *mais n'est-ce pas ce que je fais depuis des années, perdre ma vie à la gagner ? Dans une moindre proportion par rapport à lui, bien entendu.*

Étant seul à l'hôtel, l'homme me proposa de dîner avec lui. Je refusai poliment, prétextant que n'ayant pas très faim pour l'instant, j'irais peut-être dîner plus tard. Je crois qu'il ne comprît pas le sens de mon refus, tellement il vivait dans son monde, et il n'insista pas outre mesure.

Pour appuyer mon excuse de rester au bar, Jayce me servit un autre verre de chardonnay.

- Si tu pouvais éviter de me regarder comme ça en rigolant quand j'essaie de rester sérieux avec des gens qui se prennent très au sérieux, ça m'arrangerait ! suppliai-je avec un sourire jusqu'aux oreilles.
- Ha ha ha ! On voyait trop à ta tête ce que tu pensais de lui !
- Je ne vais pas prétendre que ce n'est pas utile de gagner suffisamment d'argent pour être à l'abri du besoin et pouvoir se faire plaisir. Mais au point d'en faire le sens de sa vie comme ce mec-là, il y a quand même une grosse différence !
- Quand je serai devenu un acteur multimillionnaire, je pourrai te donner mon avis sur la question…

Décidément, je préférais la manière qu'avait ce garçon de concevoir l'existence, avec humour et beaucoup de recul malgré son jeune âge, plutôt que cette course sans fin que menait le *golden-boy* pour accroître sa fortune. Jayce raisonnait d'abord en termes de réalisation de ses rêves, avant de songer à ce que cela pourrait lui rapporter. Mettre ainsi l'argent à sa juste place, comme un effet induit par le choix de vivre de ses passions, et non pas l'inverse. Vivre en donnant la priorité à ses rêves, constater qu'ils rapportent les revenus qui permettent d'être à l'abri du besoin, et pourquoi pas d'assurer un réel confort, c'est sans aucun doute une bonne façon de voir les choses et d'entretenir un rapport normal à l'argent. L'argent comme un moyen de vivre correctement et non pas comme un but en soi, avec cette sorte de soif d'en vouloir toujours plus qui caractérise la vision du *golden-boy*. C'est ainsi que j'avais conçu les choses étant jeune, quand j'avais étudié l'économie qui me passionnait et que j'en avais tout naturellement fait mon métier, constatant par la suite que cela me permettait de gagner très bien ma vie. Mais aujourd'hui, est-ce que j'accordais toujours autant cette priorité à mes passions, plutôt qu'au niveau de revenu que mes activités étaient susceptibles de me rapporter ?

6.

Le lendemain matin, j'avais rendez-vous à 11 heures au Spa de l'hôtel pour me faire masser. J'arrivai juste à l'heure, comme à mon habitude, n'ayant jamais su être ni en avance ni en retard à un rendez-vous. Parfois, je me demandais comment je réussissais à être ainsi toujours ponctuel, à la minute près, en dépit de tous les imprévus et toutes les circonstances qui pouvaient nous empêcher de respecter un horaire.

Tandis que je patientais dans la salle d'attente, je réalisai que c'était déjà le quatrième jour de mes congés et qu'il ne m'en restait plus que six avant de rentrer à Paris. Le compte à rebours était sérieusement entamé et je me demandais si j'allais réussir à repartir de Bretagne en ayant pris la décision pour laquelle j'étais venu faire ce *break*.

La masseuse s'appelait Antinéa, le nom d'une déesse de l'Atlantide, la déesse des mers. Je fus d'emblée frappé par l'originalité de ce prénom et par la symbolique qu'il suggérait. La dame avait un sourire rayonnant, respirait la gentillesse et l'énergie positive. *Tout à fait ce dont j'ai besoin*, pensai-je.

Elle me posa la question rituelle avant d'engager tout massage :

-   Sur quelles parties du corps avez-vous besoin que j'insiste ?
-   Sur le dos. Je n'arrive pas à me débarrasser d'une douleur lancinante à cet endroit depuis plusieurs jours.
-   Je comprends. C'est sûrement le poids des responsabilités et des soucis, précisa-t-elle à mon grand étonnement.
-   Comment savez-vous ça ?
-   Parce que vous en avez, comme on dit, « plein le dos » !
-   Bien vu ! Et vous pensez pouvoir faire quelque chose ?
-   Vous soulager, très probablement. Mais ça ne durera qu'un temps…
-   Je sais que je ferais mieux de prendre les décisions qui s'imposent pour régler le problème de manière plus durable, avouai-je, me sentant en confiance avec cette femme qui paraissait sincèrement disposée à m'écouter.
-   Si vous en avez conscience, c'est que vous êtes sur la bonne voie. Et en attendant que vous vous décidiez concernant le long terme, je vais voir ce que je peux faire pour vous dès aujourd'hui.

La séance de massage me détendit au-delà de toutes mes espérances, notamment quand elle s'occupa de mon dos. C'est à ce moment-là que je sentis l'énergie puissante qui se dégageait de cette déesse atlante. Elle plaça une main au sommet de mon dos et une autre dans sa partie inférieure. Une chaleur se diffusa alors entre ces deux points, me procurant une intense sensation de bien-être qui dissipa la douleur ressentie depuis quelques jours.

La séance était terminée et Antinéa m'avait laissé seul dans la cabine de massage pour que je puisse me rhabiller. Quand elle revint me voir, nous ressentîmes l'envie partagée de prolonger notre échange.

- Vous avez vraiment des doigts de fée, ou plutôt de déesse atlante !
- Peu de gens connaissent l'origine de mon prénom, répondit-elle, l'air manifestement touchée.
- Disons que je m'intéresse un peu à la civilisation engloutie chère à Platon, mon philosophe favori.
- Ce sont de saines occupations, qui devraient vous aider à régler votre problème.
- Vos mains ont plus fait pour calmer ma douleur de dos que mes lectures atlantes ou platoniciennes.
- Je dois vous avouer que je triche un peu. Je ne suis pas seulement masseuse.
- Ah bon ? Mais vous êtes quoi alors ?
- Je suis énergéticienne.
- Ah ! Je comprends mieux cette sensation de chaleur que vous m'avez transmise. Et au niveau énergie, j'en suis où exactement ?
- Je ne voudrais pas vous inquiéter, mais vous êtes au plus bas.
- Comment ça ?
- Mon travail me permet de distinguer non seulement votre corps physique mais aussi ce que nous appelons le corps énergétique. C'est difficile

à vous décrire mais je peux ainsi voir votre niveau d'énergie, et il est plutôt faible.

- Et c'est grave ?
- Disons pour faire simple que votre santé est clairement en jeu. Le mal de dos en est l'un des symptômes mais vous en avez sûrement d'autres. Cela peut être des migraines, des maux de ventre, des douleurs dans les articulations ou de gros coups de fatigue, cela dépend des corps et des personnes. Chez vous, je sens que cela doit se traduire par des problèmes intestinaux, gastriques et digestifs, et par des problèmes liés au cœur, de l'arythmie ou de l'hypertension.

J'étais impressionné par ce que cette femme était capable de me dire sur ma santé et cela me parlait énormément. Aussi étrange que cela puisse paraître, je n'avais jamais réalisé à quel point l'insatisfaction que je ressentais dans ma vie pouvait avoir de telles conséquences sur mon corps.

- J'imagine que selon vous, il faut que je fasse quelque chose… poursuivis-je.
- Bien sûr, c'est à vous de voir, mais si vous continuez comme ça, votre faiblesse énergétique va s'accentuer et des problèmes de santé plus graves vont finir par apparaître.
- Que dois-je faire exactement ?
- Actuellement, je vois que votre corps énergétique est décentré par rapport à votre corps physique. L'idée est de vous recentrer, de recaler tout ça ensemble si vous préférez, ou dit encore autrement, de vous reconnecter avec vous-même

et avec l'énergie de la vie. Le processus consiste à se ressourcer pour se régénérer.

- Vaste programme !
- Il ne faut pas être impressionné par mes mots car le travail à réaliser est plutôt agréable en fait, s'amusa-t-elle en voyant mon air un peu dépité. Si vous le voulez et que vous avez un peu de temps durant votre séjour, on peut commencer ce processus ensemble.

Elle avait parfaitement compris mon intérêt pour la question et me proposa de la revoir avant la fin de mon séjour, pour échanger sur le travail que je devais réaliser sur moi-même. Ce que j'acceptai bien volontiers, avant de la saluer chaleureusement, enchanté que j'étais par cette belle rencontre.

7.

Ce soir-là, le sophia-thérapeute avait été accueilli par les animateurs du centre nautique un peu comme le messie. De l'admiration pour la sagesse du vieil homme brillait dans leurs yeux, et sans doute un peu de soulagement à l'idée que ce n'était pas à eux d'assurer l'animation de la soirée auprès de ces gamins qui avaient déjà dû beaucoup les solliciter toute la journée.

Il m'avait présenté à eux comme son nouvel apprenti, ce qui m'avait quelque peu contrarié. Mais il fallait bien justifier ma présence à ses côtés pour assurer cette soirée conte. Et puis j'avais lu dans le regard du vieux sage que j'étais fondamentalement cela pour lui : un apprenti.

Un feu avait été allumé dans le champ qui bordait les bâtiments du centre et les animateurs y avaient amené les enfants pour qu'ils prennent place tout autour. Le centre nautique était situé sur une hauteur d'où l'on apercevait la mer. La nuit n'était pas encore tombée et la vue qui s'offrait à nous était apaisante, dans la douceur de cette soirée d'été.

Le sophia-thérapeute commença l'histoire qu'il tenait à raconter aux enfants ce soir-là. Il s'agissait de la vie de Merlin, le grand enchanteur des légendes du Graal et des îles de Bretagne.

Je me tenais debout pour mieux contempler la mer, un peu en retrait du cercle qui entourait le conteur.

- Alors comme ça, vous êtes en formation avec ce vieux sage ? demanda une voix située sur ma gauche.

Je tournai la tête sur le côté et tombai sur le visage de l'animateur croisé la veille et qui commençait à m'être familier, l'ayant déjà revu à plusieurs reprises sur le sentier en compagnie des enfants. Lui aussi avait fait le choix de se tenir un peu à l'écart du groupe.

- En quelque sorte, oui... confirmai-je.
- Ça doit être cool, de profiter ainsi de sa sagesse, affirma-t-il en me gratifiant d'un sourire qui illumina son visage.
- On peut dire ça... Et vous, cela vous arrive souvent de chanter des hymnes de la résistance italienne ?
- Mais comment... comment savez-vous ça ? demanda-t-il, l'air profondément surpris et intrigué.
- Je marchais derrière vous sur le sentier cette après-midi, quand vous reveniez de la plage avec les enfants, et je vous ai entendu chanter ça au gamin que vous aviez pris sous votre aile.

Il se mit à chantonner en murmurant, pour ne pas déranger la séance contée :

- *« Una mattina, mi son svegliato, O bella ciao, bella ciao, bella ciao, ciao, ciao, una mattina, mi son svegliato, E ho trovato l'invasor... »*

L'animateur chantait juste et avait plutôt une belle voix.

- Vous chantez ça par esprit de résistance, comme le faisaient les partisans italiens pendant la guerre, ou vous avez appris ce chant en regardant *la casa de papel* ?
- Plutôt la deuxième option ! répondit-il en riant.
- C'est bien ce que je pensais... Encore qu'avec votre physique de sportif, vous auriez très bien pu faire un bon partisan défendant la cause de la résistance !
- L'idée de résister me parle aussi. Et vous, vous vous sentez également une âme de révolutionnaire ?
- On pourrait dire ça, oui...

Il me regarda d'un air qui incitait à développer davantage.

- En fait, j'aimerais bien faire une révolution dans ma vie, précisai-je.
- Changer tout dans votre vie ?
- Pourquoi pas... C'est sans doute ce qu'il faudrait... répondis-je d'un air songeur.
- Moi, j'aimerais ne pas m'embarquer trop vite dans des chemins tout tracés.

Il avait 23 ans, effectivement un âge où tout est possible mais où il faut commencer à faire des choix qui peuvent nous embarquer pour longtemps dans une vie plutôt que dans une autre.

- C'est pour ça que je suis encore animateur. J'imagine que c'est une manière de ne pas trancher tout de suite...
- Mais vous savez que cette solution de facilité ne peut pas durer et ne fait que repousser le moment

du choix, complétai-je avec un sourire bienveillant pour éviter de le brusquer.

- C'est précisément ça qui me fait flipper...

Son rictus aux lèvres montra qu'il ne cherchait pas à dissimuler son angoisse. Il se remit à chantonner : *« Una mattina, mi son svegliato, O bella ciao, bella ciao, bella ciao, ciao, ciao, una mattina, mi son svegliato... »*

Nous nous rapprochâmes du cercle des enfants pour mieux participer à la fin de l'histoire de Merlin.

- Par amour pour la fée Viviane, notre cher Merlin avait accepté de lui apprendre le tour dit « de la prison d'air », expliqua le sophia-thérapeute. Ce tour consiste à tracer un cercle magique autour de la personne visée pour la rendre à jamais prisonnière de notre enchantement. Viviane utilisa le tour sur Merlin pour qu'il soit son amant pour l'éternité. Et c'est ainsi que le plus grand de tous les magiciens termina sa vie en compagnie de sa belle fée dans cette magnifique forêt de Brocéliande, au milieu des arbres et du chant des oiseaux, méditant sur la condition des hommes et sur ce qu'avait été son existence en ce monde.

Les applaudissements et les sourires des enfants en disaient beaucoup sur le plaisir qu'ils avaient pris à écouter cette histoire. Le vieil homme les regarda d'un air satisfait, avant de leur demander :

- À votre avis, pourquoi Merlin a-t-il ainsi abandonné sa vie de grand magicien, sa réputation et son rôle auprès du roi Arthur et des chevaliers de la Table ronde ?

-   Parce qu'il était soûlé par la vie de magicien ! répondit le gamin le plus turbulent de la bande.

Les autres enfants et le sophia-thérapeute rirent de bon cœur.

-   Va savoir, peut-être que tu as raison, répondit le vieux sage avec bienveillance, mais ce n'est pas l'explication la plus communément admise ! Quelqu'un a-t-il une autre idée ?
-   Parce qu'il était trop amoureux de la fée Viviane ! lança une petite fille avec un sourire plein de gourmandise.
-   C'est ça… C'est tout à fait ça ! s'exclama le vieil homme. Voyez-vous les enfants, ce cher Merlin, notre grand magicien et conseiller du roi, décide d'abandonner cette vie de gloire et d'aventures pour vivre la seule aventure qui compte pour lui : celle de son amour pour Viviane ! Telle est donc la grande leçon de vie qu'il nous donne : il faut faire les choses par amour ! Voilà les enfants, l'histoire que je voulais vous raconter ce soir. Et maintenant, je vais vous dire au revoir. Dormez bien, passez une belle fin de séjour en Bretagne et surtout, soyez heureux !

8.

Ce matin-là, je découvris en me levant un texto de Stéphanie qui était arrivé tard dans la nuit. Elle était manifestement au bout du rouleau et je m'en voulus de ne pas avoir répondu à son message dès sa réception. Mais c'est précisément le problème avec ces nouveaux moyens de communication : on peut recevoir des messages à toute heure du jour et de la nuit, et on culpabilise si on n'a pas répondu dans la minute alors qu'on peut avoir bien d'autres choses à faire, comme dormir, la nuit...

Je rappelai Stéphanie qui décrocha tout de suite malgré l'heure matinale. Elle n'avait probablement pas beaucoup dormi.

- Alors comme ça, Alex s'est réveillé, d'après ce que tu me disais dans ton message, attaquai-je sur un ton qui se voulait plein d'optimisme.
- Oui, oui, il est sorti du coma vers minuit, mais ce n'est pas la grosse ambiance...
- C'est quoi le problème ?
- Il parle difficilement... et les médecins sont réservés sur la possibilité... qu'il retrouve toutes ses capacités...
- Ah merde ! Mais s'il est vivant, c'est déjà une première étape.

- OK mais… si c'est pour le voir vivre comme un… légume, balbutia-t-elle en étouffant difficilement un sanglot.
- Il faut attendre Steph… Les médecins sont réservés, ce qui veut dire concrètement qu'ils n'en savent rien.
- Malo ?
- Oui Steph.
- Il te réclame.
- Je serai rentré d'ici cinq ou six jours, je pense.
- Tu ne peux pas rentrer avant ?
- Je vais voir… Je te dis ça rapidement.
- OK Malo, merci.
- Allez, tiens le coup et reste optimiste. Je te rappelle demain.

Je raccrochai avec une impression très partagée. D'un côté, j'étais soulagé d'apprendre que mon meilleur ami était sorti du coma, mais bien entendu, je n'avais pas envie de le retrouver diminué et handicapé à vie. Des sentiments contradictoires fusèrent en l'espace de quelques secondes dans mon esprit : j'allais le revoir vivant ; il risquait de ressembler à un légume ; il serait peut-être différent mais je préférais ça à l'idée de l'avoir définitivement perdu ; comment gérer Steph qui paraissait totalement flippée vu la situation ? Comment la gérer alors que j'étais moi-même un peu désorienté ? Est-ce qu'il fallait interrompre mon séjour en Bretagne pour rentrer voir Alex ? Est-ce qu'il fallait ainsi interrompre le travail en cours avec le sophia-thérapeute, qui revêtait pour moi une telle importance ?

Heureusement, j'étais inscrit ce matin-là pour une sortie en mer qui devait me faire un peu oublier les préoccupations générées par cet échange téléphonique matinal. J'avais rendez-vous sur le port pour embarquer sur un vieux gréement qui permettait de faire une balade dans la Baie et de débarquer dans l'une de ses îles pour y pique-niquer.

C'était la journée de repos de Jayce et le jeune Américain s'était également inscrit pour faire la balade avec moi. Je me réjouissais à l'idée que nous puissions ainsi faire plus ample connaissance.

Après avoir embarqué ses passagers du jour, le bateau quitta le quai au moteur, avant de hisser les voiles une fois dépassé le phare qui commandait l'entrée du port. C'était magnifique de voir ces voiles déployées prendre le vent pour emporter le bateau au large. Depuis mon arrivée aux Havres Blancs, j'avais appris à être sensible à tous ces éléments naturels qui constituent notre environnement et auxquels je n'étais plus vraiment attentif dans mon quotidien d'urbain stressé : le soleil, son lever et sa course dans le ciel d'est en ouest jusqu'à son coucher, les marées, leurs horaires et leurs coefficients, et enfin le vent, sa force et sa direction. J'étais admiratif de la puissance avec laquelle son souffle nous emportait ce matin-là dans la Baie.

L'équipage nous expliqua les rudiments du fonctionnement du bateau et de la navigation. Nous étions fascinés par cette capacité des hommes à maîtriser le matériel et les éléments naturels. La matinée était ensoleillée, le ciel juste parsemé de quelques nuages, et la journée s'annonçait particulièrement belle. Tout le monde était tellement heureux d'être là. Nous croisâmes un groupe de trois dauphins qui déclencha notre enthousiasme. Nous appréciions notre chance à sa juste valeur, le capitaine nous précisant que ce type de rencontre restait exceptionnel dans la Baie.

J'observai Jayce dont l'habituelle joie de vivre était particulièrement accentuée par notre balade et nos découvertes. Il faisait vraiment plaisir à voir. La beauté de la vie et de la nature me frappa, en regard de mes préoccupations habituelles, et je me laissai aller à la simplicité et à la force du moment présent.

Après une bonne heure de navigation qui fut un enchantement pour les yeux et pour tous nos sens, nous approchâmes de l'île. L'équipage manœuvra pour nous amener sur un petit débarcadère. Avec Jayce, nous étions un peu déçus car nous nous serions bien vus prendre une barque depuis le vieux gréement pour débarquer directement sur le sable de la plage, à la manière de Christophe Colomb découvrant le Nouveau Monde.

L'île nous révéla quelques-uns de ses secrets au cours d'une matinée d'exploration qui se termina par un barbecue sur la plage. L'endroit bénéficiait d'un microclimat qui accentuait la chaleur de ce bel été breton, si bien qu'on aurait pu se croire dans une île des Caraïbes. Quand vint le moment de rentrer, vers le milieu de l'après-midi, nous n'avions plus envie de partir tant était puissant le désir de prolonger notre présence dans ce petit coin de paradis, et de continuer à goûter ainsi au plaisir procuré par ce moment hors du temps.

Une fois sur le bateau, je partageai mes impressions avec Jayce tandis que nous regardions l'île s'éloigner inexorablement :

- Je crois que j'ai dû rêver enfant de vivre un bonheur éternel dans une île comme celle-là, révélai-je tandis que nous nous extasiions sur la beauté du lieu.
- C'est dommage d'abandonner ses rêves, répondit Jayce avec toute l'insouciance de son jeune âge.
- C'est toi qui as raison, et je veux sincèrement te remercier d'avoir été un si bon compagnon de voyage pour cette petite escapade au paradis. Cela faisait longtemps que je n'avais pas eu l'occasion de goûter avec une telle intensité au bonheur du moment présent. La dernière fois, c'était sans doute sur la plage de notre camping préféré dans le Var, où je suis retourné l'été dernier.
- Une fois mon stage terminé, j'ai bien l'intention d'y retourner moi aussi, grâce à l'argent que j'ai gagné ici, affirma le jeune Américain avec un large sourire.
- Assurément la meilleure façon de dépenser ton argent ! Et tu referas du *skate* avec ta casquette rose, dans l'allée qui longe la plage ?
- Bah ouaip !

Ce garçon me ramenait tellement à ce que j'étais quand j'avais vingt ans, à cette envie et cette spontanéité de construire ma vie en me laissant entièrement porter par mes passions. Depuis, ma vie s'était installée dans le confort et dans la routine de ce que j'avais patiemment construit au fil des années, avec un rythme bien réglé, par moment bousculé malgré tout par des voyages, des expériences nouvelles ou des rencontres qui venaient remettre en cause cet équilibre apparent.

Mes voyages dans les îles des Caraïbes ou de l'Océan Indien, ou encore mes séjours en Bretagne ou dans le camping de mon golfe varois, avec les rencontres qu'ils avaient rendu possibles, m'avaient assurément permis de renouer avec mes rêves d'enfant. Mais ces moments restaient trop courts à mon goût et comme volés à la routine de ma vie parisienne et de mes contraintes professionnelles et personnelles. Avais-je toujours envie de ça, que la réalisation de mes rêves soit limitée à quelques moments volés ? Là était bien le cœur de la question à laquelle je me sentais désormais obligé d'apporter une réponse.

9.

En fin d'après-midi, je me hâtai sur le chemin des douaniers pour retrouver mon sophia-thérapeute à 18 heures, en m'apercevant que je disais « mon » sophia-thérapeute, signe que j'avais parfaitement intégré le rôle que cet homme était en train de jouer dans ma vie.

- Vous m'avez l'air d'une grande sérénité aujourd'hui, constata-t-il.
- Décidément, rien ne vous échappe.
- C'est un peu mon métier...
- Certes, mais il y a des gens qui font moins bien leur métier que vous.
- Quelle tristesse de ne pas appliquer le plus grand sérieux dans tout ce que l'on entreprend... Pour ces gens qui font les choses à la légère, c'est peut-être le signe qu'ils ne font pas des choses qui les passionnent vraiment.
- Vous parlez pour moi ?
- Arrêtez donc de tout prendre pour vous. Pour aborder la vie avec le recul nécessaire, il est important de ne pas se sentir systématiquement et personnellement visé par ce que disent les autres ou par ce qu'ils font.
- Je suis en apprentissage et il me faudra encore un peu de temps avant d'atteindre votre degré de sagesse...

- Faites attention quand même à ne pas vous accorder du temps pour tout. Certaines choses nécessitent évidemment d'attendre le bon moment pour les faire, mais la sagesse, elle, n'attend pas. Si vous voulez changer votre façon de voir ou de faire les choses, faites-le tout de suite. Les décisions qui vous rendent plus sage doivent être d'application immédiate, si vous voulez vivre dans le présent et non pas en attendant toujours ce que vous réservera demain.
- Demain n'est pas si loin après tout, du moment qu'on ne parle pas de l'année prochaine bien entendu… contestai-je.
- Vous n'en savez rien. Demain, vous serez peut-être déjà mort… Croyez-moi, il faut prendre ces choses avec le plus grand sérieux. Mais vous pouvez aussi décider de les prendre à la légère, si elles n'ont pas réellement d'importance pour vous.
- Bien sûr que si, qu'elles ont de l'importance… Vous me trouvez serein, mais en fait je ne l'étais pas du tout au réveil ce matin.
- Ah oui ? Et puis-je connaître la raison de cette angoisse matinale ?

Je lui racontai l'échange téléphonique avec Stéphanie, la situation de mon ami Alexandre, et puis mon dilemme entre la nécessité de rentrer au plus vite à Paris pour aller le voir à l'hôpital et mon absence d'envie d'interrompre le travail que j'avais commencé avec le vieux sage à l'occasion de ces vacances en Bretagne.

- Je comprends très bien votre dilemme, et il est tout à fait légitime, commença-t-il par me rassurer. Et puisque tout doit être l'occasion de réfléchir dans le cadre du travail que nous sommes en train de réaliser, nous pouvons partir de vos interrogations matinales. Avez-vous conscience du poids qu'exerce le sens du devoir dans votre vie ?

- Que voulez-vous dire par là ?

- Avez-vous conscience à quel point vos actes sont plus guidés par le sentiment de ce que vous devez faire que par ce que vous avez vraiment envie de faire ?

- Euh… non… non, pas vraiment…

- Travailler sur votre sens du devoir est une étape essentielle. Il est normal de s'obliger à faire des choses qui doivent être faites, mais ce n'est pas une raison pour que cela prenne systématiquement le dessus sur vos envies. Car ce sens du devoir, quand il est particulièrement développé comme c'est le cas chez vous, va vous conduire à inventer des obligations qui n'en sont pas. Prenons l'exemple de ce qui vous préoccupe tant aujourd'hui : votre déchirement entre le sentiment de devoir rentrer à Paris parce que votre meilleur ami qui vient de sortir du coma vous réclame, et votre envie, et je dirais même plutôt votre besoin vital de terminer votre séjour ici pour aller jusqu'au bout du travail que nous menons ensemble. Je vous demande de bien réfléchir à la question suivante : que changera exactement le fait de ne revoir votre ami que la semaine prochaine ?

- S'il me réclame, c'est qu'il a besoin de moi.

- Je vous en prie, répondez honnêtement à ma question, en faisant abstraction de la réaction affective légitime que provoque en vous la demande de votre ami.
- Bah en fait... cela ne changera rien à son état de santé que je le vois demain ou la semaine prochaine.
- Nous sommes bien d'accord. Il y a peu de risque qu'il retombe dans le coma, et par rapport aux séquelles de sa sortie du coma, il y a également peu de risques que les choses s'aggravent d'ici la semaine prochaine, et il y a même une chance qu'elles s'améliorent.
- Mais il doit avoir le moral à zéro et me voir lui ferait du bien...
- Cela lui ferait du bien à lui, ou plutôt à vous ?
- Vous allez un peu loin là, vous ne croyez pas ?
- Vous soulageriez votre sentiment de culpabilité en faisant ce que vous pensez être votre devoir vis-à-vis de votre ami, vrai ou faux ?
- Oui, oui, bien sûr. C'est un devoir de répondre à son appel, et je me sentirais coupable de ne pas y répondre. Et puis j'ai aussi envie de le voir rapidement. J'ai tellement eu peur de le perdre.
- La peur... Voilà, nous sommes au cœur du sujet ! Vous avez eu peur de le perdre et maintenant qu'il est sorti du coma, au lieu de vous libérer de votre peur, vous avez encore peur qu'il reste à l'état de légume, peur des conséquences si vous ne le voyez pas très vite pour lui remonter le moral, et peut-être même peur de perdre son amitié en lui donnant l'impression que vous ne lui avez pas accordé la priorité en rentrant tout de suite à

Paris. Il serait peut-être nécessaire d'abandonner vos peurs à l'égard de votre ami pour vous occuper de terminer le travail que nous avons entamé ensemble et qui est un besoin vital pour vous, vous ne croyez pas ?

- Je... je ne sais pas... Je suis un peu perdu... Mais pour l'instant, disons que je suis toujours là avec vous...
- Ce qui est une sage décision de votre part, je vous assure. Alors allons-y, racontez-moi ce que vous avez vécu depuis la dernière fois que nous nous sommes vus.

Je lui racontai dans le détail ma rencontre avec le *golden-boy* obsédé par l'appât du gain, ma séance de massage avec l'énergéticienne et mon escapade en bateau avec Jayce dans la Baie et sur l'île.

- C'est parfait tout ça ! s'exclama-t-il en ne cherchant pas à dissimuler son enthousiasme. Pour commencer, avez-vous remarqué à quel point la vie vous amène les expériences et les personnes qui vous permettent d'avancer sur votre chemin ?
- Je n'y avais pas songé mais maintenant que vous le dites, en effet, c'est assez incroyable de faire ces rencontres et de vivre depuis mon arrivée ici des expériences qui sont directement en lien avec le travail que je dois faire sur moi-même.
- La vie est toujours comme ça, et il vous faut apprendre à interpréter les signes et à saisir les occasions qu'elle vous envoie en permanence. Être attentif aux signes et pleinement conscient que la vie nous envoie toujours ce dont nous

avons besoin vous fera voir les choses complètement différemment. Comme cette rencontre avec le *golden-boy* qui vous a permis de réfléchir sur votre rapport à l'argent et sur le fait que vous ne vouliez pas perdre votre vie à la gagner. Il vous faut considérer cette vision comme un acquis : vous n'êtes absolument pas dans une course à l'argent qui vous obligerait à passer votre temps à faire des choses qui ne vous passionnent pas vraiment, ou dont les conditions de réalisation pompent toute votre énergie.

- Je commence à comprendre cette histoire d'énergie, grâce à ce que m'en a dit Antinéa.

- Vous voyez à quel point votre rencontre avec cette femme, dans le contexte de recherche et de réflexion personnelle dans lequel vous êtes, est à proprement parler extraordinaire ?

- Le plus dingue, c'est que je m'intéresse beaucoup à l'Atlantide et qu'elle a un nom de déesse atlante !

- Rappelez-vous : rien n'est hasard dans les signes et les rencontres que la vie nous envoie. Antinéa vous a permis de bien mesurer le danger que vous courrez pour votre santé en continuant cette vie dans laquelle vous êtes embarqué depuis vingt ans, et elle vous a montré concrètement quelle peut être la puissance des énergies en soulageant votre dos avec son massage.

- En parlant de rencontre chargée de sens, le hasard de mes retrouvailles avec Jayce est aussi un truc énorme.

- C'est bien qu'il ait eu envie de faire cette escapade en bateau avec vous. Sa présence et vos échanges avec lui sur ce que vous ressentiez pendant cette balade en ont décuplé les effets pour vous. Nous avons déjà parlé de ce que vous ne voulez plus, et un peu de ce à quoi vous aspirez à travers votre rêve d'enfant, et vous avez pu mesurer sur ce bateau et sur l'île, à quel point votre rêve de plage, de mer et de soleil a du sens pour vous.

- C'est clair ! Mais je ne peux pas me fixer pour but dans la vie de vivre sur ma plage des rêves !

- Et pourquoi pas ? Bon, d'accord, vous n'en êtes pas encore tout à fait là, mais vous commencez à comprendre à quel point votre plage des rêves est pour vous un extraordinaire accumulateur d'énergie. Or, n'est-ce pas la priorité, de vous recharger en énergie ? Alors s'il ne s'agit pas encore de vivre en permanence sur votre plage des rêves, sans exclure *a priori* que cela puisse venir un jour, pourquoi ne décideriez-vous pas de passer un peu plus de temps sur cette plage dans les semaines et les mois à venir, pour pouvoir faire ce travail sur le rétablissement de votre niveau d'énergie ?

Tandis que le vieux sage parlait, mon esprit m'envoyait des images de plages de cocotiers aux Antilles et de ma plage des rêves varoise, avec vue sur la Méditerranée, et je ressentais clairement l'effet positif que ces images produisaient en moi. Comme j'avais envie de suivre son conseil et qu'il soit possible de fréquenter ces plages plus souvent, pour me régénérer et me retrouver !

- En retrouvant l'énergie, l'enthousiasme et l'innocence de ce jeune Américain qui vous avaient déjà frappé lors de votre première rencontre avec lui, vous avez ressenti fortement l'envie de renouer avec ces qualités qui vous guidaient au début de votre vie professionnelle il y a vingt ans, poursuivit le sophia-thérapeute. C'est aussi pour cela que je vous ai proposé de participer à la soirée conte au centre nautique hier soir. Votre contact avec les enfants, votre échange avec cet animateur, sans oublier les leçons de la vie de Merlin, tout cela vous a parlé de votre rapport à vos passions, à vos rêves et à l'amour. Merlin renonce à sa vie d'aventures et de conseil auprès du roi Arthur et des chevaliers de la Table ronde pour vivre pleinement sa passion pour Viviane. Bien sûr, il y aurait beaucoup à dire sur la prison amoureuse qu'il choisit ainsi, mais ce qu'il faut en tirer pour le sujet qui nous occupe, c'est que les choses que nous faisons dans la vie doivent d'abord et avant tout être faites par amour. Avec l'innocence et l'énergie de vivre que nous apporte l'amour.

Approfondir cette réflexion avec le vieux sage sur ce à quoi j'aspirais m'avait fait un bien fou. Me reconnecter avec moi-même, avec l'essentiel. Renouer avec l'énergie joyeuse de vivre, et vivre de mes passions. Réaliser mes rêves. Retourner à mon étoile, aux joies de mon enfance : le soleil, le Sud, la mer. Faire les choses avec comme point de départ et d'arrivée l'amour. La beauté et l'amour de la vie.

10.

Au chapitre des coïncidences incroyables auxquelles nous destine la vie, la soirée allait me réserver des retrouvailles avec Laura, l'une de mes anciennes petites amies.

Je la repérai tout de suite, en cherchant une table dans la salle de restaurant des Havres Blancs pour le dîner.

- Laura ! Mais qu'est-ce que tu fais là ?
- Malo ! Je pourrais te retourner la question !
- Je suis ici pour passer quelques jours de vacances, et toi ?
- Moi je suis en étape dans cet hôtel pour aller voir une amie dans le Finistère. J'avais envie de m'arrêter une journée pour découvrir le coin avant de la retrouver.
- Et tu as eu bien raison, c'est vraiment chouette par ici.
- Tu as dîné ? me demanda-t-elle.
- Non, je cherchais justement une table.
- Bah si tu veux, assieds-toi à ma table. Je n'ai pas encore commandé.
- Je... je ne voudrais pas te déranger, si tu avais prévu de passer une soirée en solitaire...
- Et tu nous vois vraiment dîner seuls à des tables différentes dans cette salle de resto, sans profiter de ces retrouvailles inattendues ?

- Bah non, c'est sûr que ce serait complètement idiot !
- Alors assieds-toi, banane !

Je la retrouvais comme nous nous étions quittés, ou plus exactement comme elle m'avait quitté : toujours aussi ravissante, intelligente et pleine d'humour.

- Alors comment tu vas toi ? attaqua-t-elle. Je te trouve un peu tristoune, non ?
- Il paraît que j'ai perdu de mon énergie…
- Bah ça se voit mon vieux ! Je ne reconnais plus le gars toujours souriant que j'ai connu…
- Je ne vais pas te cacher que je ne suis pas au meilleur de ma forme, et que cela doit affaiblir ma capacité à sourire bêtement comme j'en ai en principe l'habitude.
- Ne dis pas ça… Je n'ai jamais trouvé que tu souriais bêtement. Ta capacité à sourire et même à rire carrément en toutes circonstances est plutôt un signe d'intelligence à mes yeux.

Je fus flatté et même plus que ça, particulièrement touché par un tel compliment de sa part. Nous ne nous étions pas quittés en mauvais termes. C'était juste qu'elle ne supportait pas mon indisponibilité chronique, absorbé que j'étais par mon boulot et par toutes sortes d'autres activités qui me conduisaient à passer très peu de temps avec elle et qui rendaient difficile toute idée de construire quelque chose de durable ensemble. Même si nous nous étions séparés bons amis, la fin de notre histoire avait constitué un déchirement pour moi, dont j'avais eu du mal à me remettre.

- Si tu te rends compte que tu ne souris plus ou que tu ne ris plus assez, ne prends surtout pas cette question à la légère, poursuivit-elle. Ce serait dommage de te laisser envahir par la routine et la monotonie de l'existence, et de laisser ainsi la lumière dans tes yeux se ternir un peu plus chaque jour.

Cette lumière, je la voyais toujours en elle, et à l'occasion de ce dîner et de notre conversation, je retrouvais toute l'intensité des sentiments que j'avais éprouvés pour elle. Et je dois dire que cette situation me troublait profondément.

- Et toi comment ça va ? lui demandai-je.
- Écoute, ça ne va pas trop mal. Comme une femme qui a dépassé le cap redoutable des 40 ans, avec les problèmes et les interrogations que cela génère.
- Mais tu ne le vis pas trop mal apparemment...
- À un moment donné, il faut bien accepter qu'on n'est plus si jeune, et garder toute son énergie pour avancer plutôt que de se lamenter sur son sort.
- Et... tu vis... seule ?

J'avais hésité avant de lui poser cette question et essayé de trouver le bon moment et la bonne formulation avant de me jeter à l'eau.

- J'ai eu quelques histoires avec des mecs, pas mal de déconvenues, et rien qui ne m'ait donné envie de construire quelque chose de durable. Et j'avoue que l'âge avançant, je ne m'en porte pas plus mal. D'autant plus que j'ai réussi à régler le problème de mon désir d'enfant en acceptant l'idée que je ne pouvais pas vouloir tout et son contraire. Au final, c'est la liberté dont je jouis dans ma vie qui compte le plus pour moi. Et toi, tu vis seul aussi ?

- Un peu comme toi, rien d'extraordinaire en la matière, et surtout plus l'envie de renoncer à ma liberté pour une vie de couple qui n'en vaudrait pas suffisamment la peine. Alors on a fait le même choix du coup : prendre le risque de finir seuls, comme des vieux cons !

- Vieux, ça c'est inévitable, mais cons, ça n'a rien d'obligatoire ! s'amusa-t-elle. Et à tout prendre, je crois que je préfère encore vieillir seule comme une conne que de vieillir cons à deux...

Nous avions passé une super soirée, retrouvant les sujets de discussion qui nous réunissaient déjà étant plus jeunes et nous découvrant une manière assez proche de voir les choses de la vie, maintenant que nous avions dépassé ce fameux cap de la quarantaine. Et le désir était monté entre nous, comme une douce évidence. C'est elle qui m'avait proposé de finir la soirée dans sa chambre. De toute façon, c'est toujours elle qui avait décidé de la nature de notre relation, elle qui avait décidé de l'histoire d'amour que nous avions vécue, et elle qui avait décidé d'y mettre fin.

Je quittai sa chambre vers le milieu de la nuit. Nous n'avions pas fait l'amour. Cela aurait eu quelque chose d'incongru pour ces retrouvailles et n'aurait pas été à la hauteur du moment que nous avions vécu ce soir-là. Elle m'avait laissé son numéro de portable et je lui avais donné le mien, mais nous ne nous étions rien dit sur la suite, bien conscients que seul le temps apporterait une réponse à la question du désir qui s'était posée à nous au cours de cette soirée et de cette nuit-là.

11.

Le lendemain matin, je pris mon courage à deux mains pour appeler Stéphanie et lui dire que je ne pouvais pas rentrer tout de suite de Bretagne, et que je verrais Alex la semaine d'après. J'avais longuement réfléchi à la manière de lui annoncer ça. Je n'étais pas très fier de moi, mon sentiment de culpabilité n'ayant pas complètement disparu malgré ce que m'avait dit le sophia-thérapeute sur mon sens excessif du devoir. Mais c'était malgré tout le besoin de terminer le travail que j'avais entrepris concernant mon désir de changer de vie qui avait finalement pris le dessus dans mon esprit.

Stéphanie ne répondit pas tout de suite et je dus attendre une bonne heure avant qu'elle ne me rappelle, ce qui eut pour effet de faire monter mon stress et ma culpabilité. Quand elle me rappela enfin, j'eus la bonne surprise d'apprendre qu'elle était à l'hôpital auprès d'Alex, qu'il était en meilleure forme que la veille et qu'elle allait pouvoir me le passer.

- Hello Alex ! Comment tu te sens, vieux frère ?
- Salut Malo ! On peut dire que je reviens de loin, et que ça fait sacrément plaisir de t'entendre !
- Tu nous as fait une sacrée peur... C'est un tel soulagement que tu t'en sois sorti et de voir que tu as l'air d'aller bien.

- Je me remets doucement, et les médecins sont optimistes ce matin.
- C'est une super nouvelle !
- C'est clair ! Apparemment, je ne devrais pas finir comme un légume, et du coup Steph va devoir trouver autre chose pour faire sa soupe du soir !

Alex n'avait pas perdu son sens de l'humour et il paraissait avoir retrouvé toutes ses facultés.

- Tu sais Alex... attaquai-je un peu penaud, je suis en Bretagne, et je ne vais pas rentrer avant la semaine prochaine...
- Bah t'as bien raison d'en profiter ! Et puis à la limite, je préfère que tu me revoies dans quelques jours chez moi en mode normal plutôt qu'en pyjama dans une chambre d'hôpital !
- Si c'étaient de simples vacances, je rentrerais maintenant pour passer du temps avec toi, mais j'ai entrepris un truc qui nécessite d'être terminé avant que je ne rentre. Je te raconterai tout ça la semaine prochaine.
- Mais j'y compte bien vieux frère ! Et puis surtout Malo...
- Oui Alex ?
- Prends soin de toi, profite de ton séjour et fais ce que tu as à faire. J'ai pris une sacrée claque dans la gueule avec ce qui m'est arrivé et maintenant, tout est beaucoup plus clair pour moi... On ne vit qu'une fois, et il ne faut gâcher aucun moment de cette putain de vie !
- Message reçu mon pote, et prends soin de toi aussi ! J'ai hâte de te revoir !

Je raccrochai avec un soulagement et une sérénité immense, qui était devenue plutôt rare chez moi ces derniers temps. J'avais eu raison d'adopter la vision du vieux sage sur l'inutilité de mon sentiment de culpabilité vis-à-vis d'Alex et sur mon sens du devoir mal placé, et j'étais frappé par ce que le sophia-thérapeute m'avait dit sur les signes que la vie nous envoyait. Mon meilleur ami était manifestement tiré d'affaire et il me donnait une leçon sur la nécessité de ne rien gâcher de cette existence qui était si courte et pouvait se terminer à tout moment.

Il était déjà presque 18 heures et je marchais sur le sentier pour me rendre à ma séance de sophia-thérapie. À l'approche du banc, je fus pris d'une angoisse soudaine : mon vieux sage n'était pas là !

J'attendis cinq, dix minutes, pour atteindre vite le quart d'heure, mais il ne venait toujours pas. L'angoisse s'accentuait en moi. Que se passait-il ? Pourquoi n'était-il pas là ? Lui était-il arrivé quelque chose ? Ou alors était-ce moi qui avais dit ou fait quelque chose qui lui avait déplu, et qui l'avait décidé à interrompre notre travail ensemble ? Le flot de questions s'amplifiait et je commençais à tourner en rond, quand je me résignai à quitter le banc pour rentrer à l'hôtel.

Je m'approchai des Havres Blancs quand mon regard fut attiré par un homme qui était assis sur un banc, dans un coin isolé du port. Je doutai d'abord mais décidai de m'approcher de lui. Il s'agissait bel et bien de mon sophia-thérapeute.

- Mais qu'est-ce qui vous a pris ? l'attaquai-je bille en tête. Vous n'étiez pas sur notre banc habituel à 18 heures !
- Votre colère prouve que vous avez eu peur, ce qui est une excellente chose, me répondit-il avec le plus grand calme.
- Mais bien sûr que j'ai eu peur de ne pas vous revoir !
- Asseyez-vous et discutons tranquillement de toutes ces choses très intéressantes que vous venez d'exprimer.

Je ressentis une certaine gêne par rapport au comportement que je venais d'avoir vis-à-vis du vieil homme. Je lui avais quasiment crié dessus, et il avait su conserver cette extrême bienveillance à mon égard qui caractérisait toujours nos échanges.

- Désolé... vraiment désolé de mon attitude... m'excusai-je en m'asseyant à ses côtés.
- Ne soyez pas désolé, car nous allons vraiment pouvoir partir de ce que vous venez de vivre et d'exprimer à mon égard. Et puis votre capacité à vous excuser est un signe d'intelligence dont je vous félicite. Vous n'imaginez pas à quel point les gens se montrent incapables de s'excuser.
- J'aurais quand même préféré ne pas vous crier dessus...
- Votre colère exprimait la peur que vous avez ressentie à l'idée de ne pas me revoir et que nos séances s'arrêtent là. Et puis vous avez dit que je n'étais pas sur « notre banc habituel à 18 heures ». Il y a tellement de choses dans cette simple phrase. D'abord il ne s'agit pas de « notre »

banc. Je pense qu'en y réfléchissant un peu, vous comprendrez facilement à quel point ce sentiment de propriété à l'égard de ce banc est inapproprié. Ensuite, il y a l'emploi du terme « habituel ». Si je vous ai indiqué ce banc et cet horaire de 18 heures à respecter, c'était pour fixer une règle indispensable à deux personnes qui doivent se donner un rendez-vous. Mais il vous faut apprendre que s'il est normal de vivre avec des habitudes, il est tout aussi nécessaire de ne pas toujours les respecter, pour pouvoir vous laisser surprendre par la vie et garder l'esprit ouvert. Mais c'est évidemment sur ce sentiment de peur que vous avez ressenti sur lequel nous allons réfléchir aujourd'hui.

Il s'arrêta de parler pendant un temps qui me parut interminable, contemplant les bateaux qui se remettaient à flot dans le port avec la marée montante, avant de reprendre :

-   Par rapport à ce changement de vie dont nous avons discuté depuis le début et à la décision que vous devez prendre là-dessus, de quoi avez-vous peur exactement ?

Sa question m'avait pris au dépourvu, mais j'avais tout de suite compris qu'il avait mis le doigt sur l'essentiel. Quand il avait prononcé le mot « peur », un léger tressaillement s'était produit en moi. Puis je m'étais fermé comme une huître, m'absorbant dans mes pensées.

-   Je répète ma question, reprit-il après m'avoir laissé un petit temps de répit : qu'est-ce qui vous fait peur quand vous imaginez votre changement de vie ?

- J'ai... j'ai peur de... perdre le mode de vie que j'ai aujourd'hui... bafouillai-je.
- Pourtant j'avais cru comprendre que cette vie ne vous convenait plus...
- Oui, bien sûr, il y a des choses qui ne me conviennent plus, mais il y a aussi des choses bien.
- Et ces choses bien, vous ne les auriez plus si vous changiez de vie ?
- Bah... je n'en sais rien... Non, sans doute...
- Pourquoi ?
- Mais parce que... parce que je n'aurais plus les moyens d'avoir le même niveau de vie.
- Vous pensez donc que vous ne seriez pas capable de gagner aussi bien votre vie en faisant autre chose, c'est bien ça ?
- Bah non, ce n'est pas tellement ça... ou si, peut-être... En fait je n'en sais rien...

Le sophia-thérapeute avait bien senti que j'étais totalement perdu et tout son art consistait à me faire avancer malgré tout. Il faut reconnaître qu'il le faisait avec une extrême délicatesse.

- En fait, c'est de l'inconnu dont vous avez peur. Vous ne savez pas comment vous pourriez gagner aussi bien votre vie si vous abandonniez votre travail actuel. Et vous dites vous-même que cet inconnu vous fait peur parce que vous pensez que vous n'arriverez jamais à retrouver les moyens de vivre que vous avez aujourd'hui.
- Oui, c'est tout à fait ce que j'ai dit, confirmai-je.
- C'est parfait !

- Comment... comment ça, parfait ?
- Nous progressons. Nous venons d'identifier précisément ce qui vous empêche de changer de vie alors qu'au fond de vous, vous en mourez d'envie. C'est tout simplement la peur de l'inconnu.
- C'est clair, mais je ne vois pas en quoi c'est un progrès, contestai-je.
- Pour régler un problème, il faut bien en identifier la nature. Vous savez maintenant que si vous arrivez à surmonter votre peur de l'inconnu, vous serez capable de prendre cette décision de changer de vie à laquelle vous aspirez profondément.
- Bah ça me fait une belle jambe ! Et comment je fais, pour surmonter ma peur de l'inconnu ?
- Avez-vous un capital financier ?
- C'est... une question plutôt embarrassante...
- Ne me faites pas le coup de la gêne quand on parle d'argent... Si vous voulez qu'on avance, il faut me faire confiance, notamment sur cette question toujours délicate à aborder qu'est l'argent.
- OK, OK... En vendant mon appartement à Paris, il me resterait une somme non négligeable, même après avoir remboursé mon emprunt.
- Combien de temps pourriez-vous vivre avec ce capital ?
- Je dirais... cinq ans, et même sûrement plus si je renonçais à certaines dépenses pour me concentrer sur ce qui est absolument nécessaire, comme payer un loyer, manger à ma faim, avoir du chauffage, de l'eau et de l'électricité.

- C'est un bon raisonnement car comme vous le savez, beaucoup de gens se demandent s'ils auront assez jusqu'à la fin du mois pour couvrir ces dépenses absolument nécessaires, et ils ne peuvent envisager le reste qu'à titre tout à fait exceptionnel.
- J'en ai bien conscience, mais je sais aussi que ces personnes aimeraient bien pouvoir se faire un peu plus plaisir de temps en temps.
- Et elles ont bien raison ! Le plaisir est une dimension essentielle de l'existence, et il n'y a pas de raison pour que le changement que vous recherchez passe obligatoirement par une vie de privation.
- Il est vrai que si je change tout dans ma vie, il faudra quand même un peu de temps avant que je sois en difficulté, compte tenu de la possibilité d'utiliser le capital que représente la vente de mon appartement.
- Donc vous êtes en train de dire que cette fameuse peur de l'inconnu n'a pas de raison de se poser pour vous avant cinq ans, puisque votre situation financière est relativement bien connue jusqu'à cette échéance, c'est bien ça ?
- Euh… non, non, ce n'est pas tout à fait ça… Je ne vais quand même pas dépenser tout mon capital pour vivre sans salaire pendant cinq ans !
- Je n'ai jamais dit ça. Vous pourriez utiliser votre capital au moins au début, pour vous donner le temps de refaire votre vie, et si vous êtes raisonnablement confiant dans vos capacités à gagner de l'argent grâce à vos nouvelles activités,

alors vous n'aurez pas besoin de dépenser tout votre capital.

- Évidemment, vu comme ça...
- Et pourquoi ne le verriez-vous pas comme ça ?

Le vieil homme n'avait jamais perdu son regard bienveillant, à aucun moment de notre conversation. Il m'assénait des évidences avec un sourire aux lèvres qui n'avait rien d'ironique mais incitait plutôt à me moquer moi-même de mes peurs et de toutes ces craintes infondées qui me paralysaient dans ma prise de décision. Un peu de bon sens, pour ne pas dire de sagesse, permettait de désamorcer ces peurs et de regarder les choses d'une tout autre façon.

- Il faut que vous compreniez que la peur est la raison qui empêche les gens de changer de vie, même quand ils ont profondément envie de le faire. La peur peut prendre toutes sortes de visages. Elle est d'une grande créativité. La forme principale qui freine les gens, vous l'identifiez très bien vous concernant : c'est la peur des éventuelles difficultés financières liées à un revenu qui va devenir incertain compte tenu du changement de vie. Cette peur est accentuée quand on dispose d'un revenu confortable et garanti, alors que quand on n'a pas grand-chose à perdre, notre vie actuelle est dure mais elle ne peut que s'améliorer avec un changement dans notre situation. Comme vous le constatez dans votre cas, cette peur insidieuse est si profonde qu'elle joue même si vous disposez d'un capital qui peut vous sécuriser pour quelques années. Elle prend alors la forme d'une peur de ne jamais retrouver le niveau de vie que vous aviez avant le changement, de devoir dilapider tout votre capital et de vous retrouver ainsi sans rien.

- Je vois ce que vous voulez dire. Je n'ai rien à craindre pour quelques années concernant le fait d'avoir un toit et de quoi manger, mais pouvoir continuer à me faire plaisir autant que je peux le faire aujourd'hui, ce serait une autre affaire, et c'est cela qui me fait peur, en plus de la peur de voir se réduire à petit feu le capital durement accumulé depuis tant d'années d'effort.

- C'est tout à fait ça ! La deuxième forme de peur, qui est sans doute plus inconsciente puisque ce n'est pas celle que vous avez exprimée spontanément, mais qui n'en est pas moins fondamentale, c'est une peur liée à notre condition d'être humain en relation avec les autres. Cette peur relationnelle peut être très variée, la plus compliquée à gérer étant celle liée à l'éloignement des proches, parents âgés, enfants, petits-enfants, meilleurs amis, si le changement conduit au déménagement dans une autre région. Comment vivre malgré cet éloignement de notre environnement affectif quotidien, loin de parents, d'enfants, de petits-enfants, d'amis qui peuvent avoir besoin de nous autant que nous pouvons avoir besoin d'eux ? D'autre part, est-ce que nous réussirons à reconstituer dans une région nouvelle un réseau de relations qui nous permettra d'éviter de nous sentir isolés ?

- Cette peur me paraît évidente quand vous déménagez loin, mais vous semblez dire que ce n'est qu'une des formes que prennent les peurs relationnelles. Ce qui signifie qu'il y en a d'autres, même si vous restez dans un environnement proche géographiquement ?

- Nos vies sont tissées de nos relations avec les autres mais pas seulement en termes de proximité géographique et du contact facile qu'elle rend possible, car le regard des autres sur nous est tout aussi essentiel. Ainsi, nous pouvons avoir peur du jugement que portent nos proches sur nos projets et être totalement empêchés d'agir à cause de cette peur. Comment faire face à leur éventuelle incompréhension sur notre décision de changement et au fait qu'elle les inquiète peut-être, voire qu'ils la désapprouvent ?

- J'avoue que je n'avais pas encore réfléchi à cette peur.

- Il est possible que vous ayez déjà exprimé depuis longtemps votre désir de changer de vie mais que vous vous soyez heurté au scepticisme et aux craintes de votre entourage, ce qui a pu vous empêcher de franchir le pas. À l'inverse, certaines personnes ont pu vous inciter à le faire en vous disant que c'était génial et qu'ils trouvaient ça tout à fait logique et possible dans votre situation. Et vous en êtes peut-être là aujourd'hui, déchiré entre les encouragements de certains et la peur d'être en désaccord avec d'autres, de les contredire ou de les inquiéter.

- Je vois bien maintenant tout ce à quoi je dois faire face pour prendre ma décision de changer.

- Attendez un peu, car il y a encore autre chose... Ces peurs matérielles et les peurs psychologiques générées par votre entourage sont essentielles, mais le plus important est que vous les avez totalement intégrées en vous et que c'est donc à un travail intérieur qu'il faut d'abord vous livrer pour les maîtriser. Il est évident que ne pas écouter les personnes qui alimentent vos peurs, et vous entourer de gens qui positivent votre éventuel changement de vie, vous aidera mais que cela ne suffira pas, puisque ces peurs font totalement partie de vous-même. Et puis il faut aussi que vous réfléchissiez à une troisième forme de peur, tout aussi redoutable que les deux autres, qui est la peur de l'échec.

- Qu'entendez-vous exactement par-là ?

- Vous pourriez vous dire que vous avez les moyens de faire face à une perte temporaire de revenu, le temps de réussir dans de nouvelles activités, et que votre environnement relationnel est favorable, ou en tout cas n'est pas un obstacle à un changement radical de votre vie, y compris à un déménagement dans une autre région. Mais il pourrait malgré tout vous rester une peur d'échouer dans cette nouvelle vie, liée à l'image que vous avez de vos capacités à réussir dans des activités et un contexte nouveau, qui n'est pas le contexte sécurisé que vous connaissez actuellement. Êtes-vous vraiment fait pour ces nouvelles activités que vous pourriez envisager ? Serez-vous capable d'intégrer les capacités et les connaissances nouvelles qu'elles vont exiger par rapport à vos activités actuelles, pour lesquelles vous avez acquis une certaine maîtrise au bout de vingt ans de vie professionnelle ? Un tel nouveau départ, un tel abandon de votre sécurité actuelle génèrent inévitablement une peur de l'échec, sur laquelle il vous faut aussi travailler.

- Je mesure à quel point toutes ces peurs m'empêchent de décider de ce changement auquel j'aspire au plus profond de moi. Alors comment faire ? Comment surmonter ces peurs que vous décrivez comme constitutives de tout être humain ?

- Vous allez devoir développer des stratégies pour vous rassurer et rassurer vos proches. D'abord bien sûr, vous rappeler sans cesse que votre situation matérielle ne sera pas inquiétante avant longtemps. Et puis vous former aux nouvelles activités que vous allez développer ou au nouveau job que vous allez décrocher, vous entourer de personnes qui vont vous aider à mettre en œuvre ce changement, explorer toutes sortes de pistes qui vont vous permettre de maîtriser votre budget, soit en faisant des économies, soit en identifiant des sources de revenu que vous n'imaginez même pas aujourd'hui. Bien sûr, il vous faudra faire tout ça, mais le cœur du sujet sera d'apprendre à maîtriser vos peurs, à les regarder en face et à agir en dépit de leur existence. Car il ne faut pas croire que les gens qui agissent, et notamment ceux qui impulsent de grands changements dans leur vie ou dans le monde, ne connaissent plus la peur. Ce qu'ils ont réussi, c'est à la maîtriser pour pouvoir avancer, et ils ont même su faire de la peur une motivation pour agir. Car la meilleure façon de se rassurer n'est pas d'ignorer la peur mais d'agir, pour que l'inconnu disparaisse au fil du chemin et soit remplacé par un nouveau contexte qui sera de plus en plus connu et maîtrisé avec le temps.

- Ces personnes-là, elles ressentent donc toutes les formes de peur que vous avez décrites ?

- Une ou plusieurs de ces formes, peu importe... Car il vous faut comprendre que si la peur peut prendre toutes ces formes, compte tenu de sa grande capacité créative, il s'agit bien d'un processus unique, et que si vous savez l'appréhender dans sa totalité, vous serez capable d'en maîtriser toutes les formes.

- Mais ce processus unique, quel est-il ?

- C'est quelque chose d'à la fois simple à comprendre et de très difficile à maîtriser. Cette peur de l'inconnu, qui est derrière toutes les peurs, est en réalité une peur de perdre ce à quoi nous nous sommes identifiés au fil de toutes ces années. Nous avons vécu des expériences et construit notre existence avec un certain niveau de vie matérielle, une reconnaissance sociale et une valorisation de nous-mêmes liés à notre situation professionnelle et à nos activités personnelles. Nous avons aussi construit une relation souvent quotidienne avec les gens qui constituent notre entourage. Nous nous sommes donc identifiés à cette situation professionnelle quand nous en avons une, et d'autant plus si elle est valorisante, à ce niveau de revenu et aux plaisirs qui y sont attachés, à ces personnes qui sont nos proches, à l'amour que nous leur portons, à leur présence, à l'importance que nous accordons à leur jugement et à ce que nous leur apportons. Et c'est ainsi que nous nous sommes identifiés à nos réussites, nos capacités, notre expérience acquise et à ce qu'elles nous permettent d'accomplir, à notre vie actuelle et à tout ce qu'elle nous apporte de positif qui nous permet d'en relativiser les désagréments et de les accepter comme des conséquences inévitables de nos choix. Et c'est bien pourquoi nous avons en permanence peur de perdre tout ce qui constitue cette identité. En cela, il faut comprendre que c'est à cette identité connue que nous nous accrochons. Nous avons fondamentalement peur de l'inconnu, d'une vie différente, qui ne soit pas celle que nous connaissons et à laquelle nous nous sommes identifiés aujourd'hui, avec la sécurité matérielle, affective et psychologique que nous apporte cette existence actuelle en dépit de tous ses inconvénients.

Vaincre sa peur de l'inconnu, qui est une peur de perdre ce que nous connaissons, et pour réussir cela, être d'abord capable de comprendre cette peur, de la regarder en face, sans chercher à l'ignorer ou à la faire totalement disparaître, mais en apprenant à la contrôler, à l'utiliser pour agir et à s'en affranchir pour accepter la part d'inconnu que recèle ce qui est véritablement neuf. Je mesurai toute l'importance de la séance que je venais de vivre avec le sophia-thérapeute et je pris conscience de l'étape décisive qu'elle pouvait me faire franchir.

Je saluai le vieux sage avec encore plus de respect et de reconnaissance que d'habitude et je rentrai à l'hôtel avec un sentiment de légèreté, habité par la certitude grandissante de ce que j'avais à faire. La vérité, c'est que je savais ce que je devais décider, et je comprenais désormais à quel point je ne devais pas avoir peur de toutes les conséquences de cette décision.

12.

C'était un homme à mi-chemin entre la trentaine et la quarantaine, assez bien fait de sa personne et dont l'éloquence produisait un charme certain. Il parlait suffisamment fort dans l'espace bar de l'hôtel pour qu'on puisse profiter de la conversation.

J'étais venu là pour boire un verre avant le déjeuner et je ne ratais pas un mot de ce que racontait cet homme, qui était candidat contre le maire aux prochaines élections municipales. Il développa ses arguments devant ses amis, avant de rejoindre la salle de restaurant.

Une femme était installée au bar et avait assisté à la conversation. Une fois le candidat de l'opposition parti, elle m'adressa un large sourire. Elle avait manifestement envie de parler.

- C'est touchant, une telle certitude de détenir la vérité, vous ne trouvez pas ? finit-elle par me demander.

Je ne savais pas trop comment prendre la question. C'était sans aucun doute ironique, sans paraître pour autant méchant.

- Il y croit, c'est sûr, et il a vraiment envie de mettre fin à ce qu'il appelle « le règne du maire sortant », avançai-je avec prudence.

- Ils utilisent tous cet argument. C'est assez classique, et en réalité assez pauvre comme motivation.
- Je vous trouve un peu dure avec lui…

La femme m'expliqua qu'elle savait de quoi elle parlait, pour avoir été confrontée à de nombreux personnages de ce genre quand elle faisait de la politique à un niveau national. Je me disais bien que sa tête me rappelait quelqu'un et je me souvenais l'avoir vue à la télé quand elle s'occupait de politique. Cet univers l'ayant profondément déçue, elle avait décidé de s'investir autrement pour contribuer malgré tout à améliorer la société.

- Le problème voyez-vous, c'est que les idéaux qu'ils mettent en avant masquent souvent leur besoin viscéral de détenir du pouvoir et d'être reconnus, développa-t-elle sur un ton quelque peu amer.
- Vous ne pensez pas qu'il y a quand même une part de sincérité dans les projets qu'ils défendent ?
- Si, bien sûr, et c'est ça qui est le plus redoutable. Ils ont cette force de conviction car ils croient vraiment en ce qu'ils disent. Mais une fois qu'ils obtiennent le pouvoir, ils renoncent à leurs idéaux quand ils comprennent ce à quoi il va falloir s'attaquer, et ils préfèrent alors penser à leur réélection en adoptant une attitude plus prudente.
- La peur de perdre leur position chèrement acquise, ce serait donc ça qui les ferait renoncer à leurs projets ?
- Ne soyons pas si durs, comme vous dites, car ils en mettent quand même une partie en œuvre. Mais

ils ont du mal à changer profondément les choses et au final, je ne leur en veux pas. N'est-ce pas une peur commune à tous les êtres humains, cette peur de perdre ce que l'on possède ? Les hommes et les femmes de pouvoir en sont un exemple caricatural, parce que le désir de pouvoir est l'un des désirs les plus puissants qui soit et que la peur de le perdre n'en est que plus forte. Alors ils renoncent à aller jusqu'au bout de ce qu'ils voulaient faire, dans le but de conserver leur position.

Tandis que je l'écoutais, je repensai aux paroles fortes du sophia-thérapeute sur la peur de perdre ce que nous avons chèrement acquis, et je me réjouis de la clé de compréhension des comportements humains que m'avait ainsi fournie le vieux sage. Et puis le souvenir de ce que défendait cette femme quand elle était encore impliquée dans le débat politique me revint en mémoire et je ne fus pas surpris par la sagesse que je découvrais en elle. C'était d'ailleurs ce sens de la mesure qui l'avait conduite à abandonner la politique.

- Je me souviens de vos discours, précisai-je. Vous aviez l'air convaincue que vos idées étaient les bonnes, mais vous avez finalement renoncé à les défendre.
- Non, non, ce n'est pas tout à fait ça, contesta-t-elle. J'ai renoncé à les défendre sur la scène politique, mais j'ai trouvé la façon de le faire de manière bien plus satisfaisante pour moi. Je dirige une fondation qui soutient des projets de développement local, solidaires et écologiques, partout dans le pays. Je crois profondément que

les solutions viennent ainsi du local, de la capacité des initiatives de terrain à réinventer des entreprises, des associations et toute une société démocratique locale plus solidaire et plus respectueuse de l'environnement.

- J'admire votre capacité à rebondir et à faire autre chose après avoir été déçue par votre champ d'action initial qu'était la politique.

- Il n'y a rien à admirer, croyez-moi. Quand on n'y arrive pas, on prend acte de son échec et on tente un autre chemin plutôt que de s'entêter, c'est tout. Je ne condamne rien et ne critique personne, car je préfère consacrer mon énergie à faire autrement.

Elle pouvait trouver ça simple, mais il n'empêche qu'il faut une sacrée dose de courage pour remettre en cause ses choix initiaux, ne porter aucun jugement sur eux et décider de s'investir d'une tout autre façon. J'aimais la manière dont cette femme ne concevait aucune amertume vis-à-vis de ce monde politique qui l'avait déçue et avait su rebondir en positivant ses nouveaux engagements. J'aimais ça, et je ne pouvais nier que cela m'interrogeait sur ma propre capacité à faire preuve du même courage et de la même sagesse qu'elle, concernant ma propre vie.

13.

Je retrouvai le sophia-thérapeute sur notre banc, pardon sur « le » banc, à l'horaire « habituel », enfin celui dont nous avions convenu pour ne pas nous rater, puisque la sagesse de ne pas être prisonnier d'habitudes autorise quand même ce genre de règles pratico-pratiques.

- Hier, nous avons bien travaillé sur la peur, mais nous n'avons pas parlé de vos expériences du jour. Alors repartons de cela, si vous le voulez bien, me proposa-t-il.
- Avant-hier soir, j'ai retrouvé par hasard à l'hôtel une de mes anciennes petites amies. Nous avons passé une excellente soirée, que nous avons terminée dans sa chambre, mais nous n'avons même pas couché ensemble, et nous nous sommes laissé nos coordonnées mais sans nous promettre quoi que ce soit, exposai-je sans complexe et sans prendre le temps de respirer.
- Et alors ?
- Comment ça, et alors ?
- Alors vous en concluez quoi ?
- Bah que ça m'a fait plaisir de la revoir, que cela m'a fait du bien d'éprouver encore du désir pour elle, et que je suis sincèrement prêt à ce que nous en restions là, ou qu'il arrive à nouveau quelque chose entre nous si affinités.

- Parfait ! Vous gardez le contact avec vos désirs tout en vous montrant capable de recul vis-à-vis d'eux. Vous êtes en bonne voie.

J'avais conscience du prix que j'accordais à l'approbation de cet homme, et c'est vrai que je n'étais pas mécontent de ces retrouvailles avec Laura et de la manière dont nous avions su les apprécier sans en attendre davantage pour l'instant.

- Et la journée d'aujourd'hui, que vous a-t-elle apporté comme expériences intéressantes ? poursuivit le sophia-thérapeute.
- J'ai discuté ce midi avec une femme pleine d'idéaux qui sont vraiment importants pour elle et qui a abandonné la politique pour les poursuivre d'une autre manière. Au lieu de ressasser son échec et d'en vouloir à la terre entière, elle a décidé d'agir autrement tout en conservant le même but.
- Savoir tourner la page qui doit être tournée, sans attendre que les choses ou les gens changent, et investir son énergie sur un autre chemin plus conforme au sens que l'on veut donner à sa vie, et surtout mettre en œuvre ce changement tout de suite, c'est vivre dans le présent plutôt que dans un passé ressassé ou dans un avenir rêvé. Il n'y a pas de doute, nous sommes en plein dans notre sujet ! se réjouit le vieux sage.
- Ce qui m'impressionne, c'est la façon dont elle a totalement fait abstraction d'un quelconque sentiment d'échec concernant ses expériences passées.
- Connaissez-vous la vie d'Abraham Lincoln ?

- Le président américain qui a aboli l'esclavage ?
- C'est bien de lui dont je veux parler, mais ce n'est pas pour son œuvre politique et historique qu'il m'intéresse dans notre discussion. Je veux plutôt parler de ses échecs.

Le sophia-thérapeute me fit découvrir tout un pan de la vie de Lincoln que je ne connaissais pas et qui était pour le moins étonnant pour un homme qui donnait l'image d'avoir réussi de si grandes choses en tant que président des États-Unis. Né dans la pauvreté, sa famille ayant même été chassée de sa maison, Lincoln avait été confronté à l'échec toute sa vie. Il avait perdu vingt-trois fois des élections et avait connu deux faillites d'affaires, dont une pour laquelle il avait emprunté de l'argent à un ami qu'il mettrait dix-sept ans à lui rembourser. Il avait voulu faire son droit mais avait été refusé au concours d'admission. Il devait se marier avec une femme mais elle était morte après leurs fiançailles et il était alors tombé dans une grave dépression, restant au lit pendant six longs mois. Mais tout cela ne l'avait jamais empêché de remonter à cheval et il avait fini président, avec le rôle historique qu'on lui connaît.

- C'est une histoire fascinante, ce rapport que Lincoln entretenait avec l'échec ! m'enthousiasmai-je.
- Pour lui, l'échec n'existait tout simplement pas, dans la mesure où les événements qui lui arrivaient n'étaient pas vécus comme des échecs. Il allait toujours de l'avant, sans considérer que ce qui n'avait pas marché avait une quelconque importance et que cela pouvait l'empêcher de connaître des réussites dans l'avenir.

- J'aimerais tellement avoir le même rapport que lui à l'échec.
- L'emploi du conditionnel « j'aimerais » ne fait pas partie du travail que nous réalisons ensemble. Rappelez-vous : si vous voulez progresser sur quelque chose, vous le mettez en pratique sans attendre, en arrêtant d'employer le conditionnel. Ainsi, vous décidez tout de suite que vous n'entretenez plus aucun rapport avec le sentiment ou la crainte de l'échec, et vous agissez pour faire les choses que vous avez envie de réussir sans penser à leur résultat, qui sera ce qu'il sera.
- Et je vais du coup réussir tout ce que j'entreprends, comme par magie ?
- Ai-je dit cela ? Bien sûr que vous n'allez pas tout réussir ! Mais vous aurez cessé d'accorder de l'importance à l'échec, ce qui vous permettra de toujours rebondir en cas de besoin et d'aller de l'avant. Et comme vous êtes quelqu'un qui a des qualités pour réussir des choses, comme tout le monde d'ailleurs, vous ne connaîtrez pas systématiquement l'échec. Rappelez-vous Lincoln, qui a fini comme l'un des plus grands présidents de l'histoire des États-Unis alors qu'il avait accumulé des échecs retentissants tout au long de sa vie.
- Certes, mais le pauvre n'a pas très bien terminé… Je vous rappelle quand même qu'il a été assassiné !
- Il est mort, la belle affaire ! C'est ce qui nous pend tous au nez un jour, vous ne croyez pas ? Si vous mourez assassiné après avoir accompli une

œuvre aussi importante qu'Abraham Lincoln, considèrerez-vous votre mort comme un ultime échec ?

- C'est sûr que non. À choisir, je préfère finir comme lui en ayant accompli de belles choses plutôt que de mourir dans mon lit en n'ayant rien fait d'extraordinaire de ma vie.

- Si vous le voyez comme ça, c'est parfait ! Demain, nous parlerons de ce que vous comptez faire pour réaliser quelque chose d'extraordinaire dans votre vie. Car pour avoir à gérer son rapport à l'échec, encore faut-il s'être fixé des objectifs à atteindre, et si possible une mission élevée. Vous connaissez peut-être cette phrase d'Oscar Wilde : « *La sagesse, c'est d'avoir des rêves suffisamment grands pour ne pas les perdre de vue lorsqu'on les poursuit* ».

14.

J'avais retrouvé Antinéa en début d'après-midi, de l'autre côté du port, au départ du sentier des douaniers. Nous avions convenu qu'une balade avec vue sur la mer était le meilleur cadre pour évoquer le travail énergétique que je devais accomplir. C'était vraiment une belle journée, la chaleur du soleil étant atténuée par une petite brise marine qui adoucissait l'air et caressait délicatement le visage.

- Vous avez vu cette météo ? Les dieux sont avec nous pour cette balade ! s'était exclamée la jeune femme au nom de déesse atlante.
- C'est à croire que vous les avez implorés de nous être favorables !
- Allez savoir... me répondit-elle d'un air énigmatique.

Nous avions attaqué le sentier en admirant la beauté de la vue à la sortie du port. Les bateaux de plaisance se succédaient pour prendre la mer, afin de profiter de cette magnifique après-midi ensoleillée qui ferait de la Baie un endroit vraiment magique pour naviguer.

- Est-ce que vous appréciez votre séjour ici ?
- Oh oui ! répondis-je avec un plaisir non dissimulé. L'endroit est extraordinaire, je fais de belles rencontres, et je crois que je réussis à me reposer

et à réfléchir, ce qui correspond exactement à ce que je recherchais en venant ici.

- Je l'ai tout de suite remarqué en vous voyant arriver sur le quai tout à l'heure. Votre niveau d'énergie est bien meilleur que la première fois que nous nous sommes rencontrés, et votre corps énergétique commence à se recentrer sur votre corps physique.

- Est-ce que vous voulez dire que je suis... tiré d'affaire ?

- Vous avez décidé d'entamer le travail pouvant vous conduire à changer de vie, et cela a eu un effet réel et rapide sur votre niveau d'énergie. Mais le processus reste fragile et vous risquez évidemment de vous affaiblir à nouveau, une fois que vous serez rentré chez vous et que vous aurez retrouvé la pression du quotidien.

- Mais alors, que dois-je faire pour conserver les bienfaits du travail que j'ai entrepris ces derniers jours ?

- J'aime définir le travail énergétique en trois étapes, qui ne sont pas des étapes chronologiques car elles ne doivent pas forcément se succéder l'une à l'autre mais plutôt s'enclencher parallèlement. Il s'agit de nettoyer, de régénérer et d'expérimenter.

- Nettoyer, comme un grand nettoyage de printemps ?

- Ha ha ha ! Si vous voulez, c'est un peu ça ! En tout cas l'image est intéressante ! Vous devez nettoyer tout ce qui vous encombre et tire votre énergie vers le bas : vos angoisses, vos peurs, votre ego, vos ambitions, vos colères. On peut estimer que

90 % des maladies dont nous souffrons, dont les plus graves, comme les cancers, ont pour cause le stress, les angoisses, la peur ou les colères vécus au quotidien et qui amènent une tension trop forte sur notre énergie. À la longue, cette tension est insupportable et il y a surchauffe et réaction plus ou moins violente de notre corps. Le travail de nettoyage consiste à supprimer le stress, en supprimant la pression liée à tous ces objectifs de fou que nous nous fixons ou que les autres nous fixent. Et bien sûr pour cela, nettoyer la peur et l'angoisse de mal faire ou de ne rien faire. Mais cela ne consiste pas seulement à se mettre au vert quelques jours pour se reposer et faire tomber la pression, car il faut réaliser ce nettoyage dans la durée, ce qui doit vous conduire à vous détacher, à lâcher prise. À lâcher !

- Je comprends bien comment tout ce processus que j'ai entamé peut s'interrompre une fois que je me remettrai dans la pression quotidienne. Et qu'en est-il de l'étape que vous avez appelé « régénérer » ?

- Il s'agit de régénérer cette lumière en vous, votre joie de vivre, vos envies, vos passions, vos rêves. Il ne s'agit pas d'un éveil mais bien d'un réveil, de retrouver cette part qui est toujours en vous mais qui a été remisée au second plan par les routines quotidiennes et par ce sens du devoir que vous avez instaurés dans votre vie. Dans ce processus de régénération, vous allez vous demander pourquoi vous êtes là, quel est le but de votre vie, dans quoi investir votre énergie. Et pour répondre à ces questions, il va d'abord vous falloir répondre à d'autres questions : qui suis-je, qu'est-ce qui me rend heureux, qu'est-ce que je pourrai faire pendant des heures, des jours et des années sans me fatiguer, sans avoir le sentiment de gaspiller mon énergie mais au contraire de l'orienter vers ce qui me correspond vraiment ? Vous allez donc devoir vous connecter avec votre moi intérieur pour répondre à ces questions et oser faire ce que vous avez toujours rêvé de faire, vous rendre dans les endroits qui vous font rêver, vivre comme vous avez toujours voulu vivre. En cela, le travail de se régénérer revient à s'autogénérer, en repartant de vos envies et de vos rêves, pour que votre vie soit alignée avec ce que vous êtes vraiment.

Nous nous étions arrêtés d'échanger quelques minutes pour contempler le paysage qui s'offrait à nous, le soleil qui brillait sur la Baie, le bleu de la mer qui virait par endroits au vert, et les odeurs de pins qui envahissaient nos narines et nous remplissaient les poumons. Il y avait comme un goût de Caraïbes ou de Côte d'Azur sur ce sentier breton qui pouvait évoquer tous les endroits du monde. Toute la beauté du monde.

- C'est tellement enthousiasmant, ce que vous dites sur cette autogénération, sur cette idée de retrouver le chemin de nos rêves et au final, de nous-mêmes. Mais comment fait-on, une fois qu'on a compris et qu'on a repris goût à tout ça ?
- C'est l'étape essentielle de l'expérimentation. Vous n'avez aucune certitude sur la manière dont va se passer ce processus quand vous décidez de l'entamer, et surtout comment vous allez pouvoir

continuer à assurer votre existence matérielle, mais vous ne le ferez jamais si vous n'acceptez pas l'idée qu'il s'agit tout simplement d'expérimenter. Expérimenter une tout autre manière de vivre, de voir les choses, d'investir votre énergie au quotidien. Expérimenter est en réalité la seule manière de vivre, en se confrontant au nouveau, en rencontrant des obstacles et en apprenant que nous sommes tout à fait capables de les surmonter. Il faut comprendre que la vie ne peut pas nous apporter quelque chose de différent si nous n'essayons jamais quelque chose de différent.

- Cela me fait penser à cette phrase d'Einstein : « *La folie, c'est de faire toujours la même chose et d'en attendre un résultat différent* ».

- C'est tout à fait ça ! *A contrario*, expérimenter exige d'avoir le courage de prendre la route, d'affronter l'inconnu, au risque de tout perdre, de devoir tout recommencer, en repartant de zéro. Êtes-vous capable de voir que la sécurité ne vous permettra pas d'expérimenter cette autre manière de vivre à laquelle vous aspirez et que vous considérez comme la beauté de la vie ? Il vous faudra donc abandonner la sécurité et affronter vos peurs.

- Tout ce que vous dites me parle énormément et trouve un écho au plus profond de moi, et j'ai bien conscience que mettre en œuvre tout ça passe par un changement radical d'existence, mais aussi de vision de la vie. Alors pourquoi je n'arrive pas à décider de ce changement ?

- La vérité, c'est que vous avez très bien compris votre problème et la manière de le résoudre, que vous savez très bien quoi faire, mais que vous n'avez pas encore formellement pris la décision de le faire. Et bien évidemment, ce moment de la décision est capital, indispensable. Il y a un temps de préparation légitime pour une telle décision, mais ce temps-là, vous le vivez depuis plusieurs années déjà. Et maintenant il vous faut admettre qu'aucune décision ne peut être totalement préparée dans les détails de sa réalisation et surtout, que vous n'aurez jamais la garantie absolue qu'il s'agit de la bonne décision. Seule sa mise en œuvre vous permettra de savoir comment faire et si vous aviez bien fait de décider ça. Alors il ne faut plus attendre, cela ne vous apportera rien de plus. Maintenant, vous n'avez plus qu'à décider, et surtout à définir les actions concrètes à réaliser tout de suite pour mettre en œuvre cette décision !

15.

J'étais pressé de retrouver le sophia-thérapeute ce jour-là, car je sentais que j'étais en train de franchir une étape décisive dans mon processus de réflexion, et que j'avais besoin de sa sagesse pour conforter cette étape une bonne fois pour toutes.

Je lui racontai dans le détail mon échange avec Antinéa. Je lui fis part de cette impression que j'avais d'être mûr pour apporter enfin une réponse aux interrogations qui étaient les miennes depuis plusieurs années et qui m'avaient amené à ce séjour au bord de la mer et à ce travail avec lui.

- Je suis bien content que notre déesse atlante vous ait confirmé tout ce que nous nous sommes dit, avec son approche par les énergies.
- Elle a été tout aussi claire que vous : maintenant, il me faut décider et agir, prendre la route, sans plus attendre.
- C'est en effet ce que je vous ai dit quand je vous ai affirmé que la sagesse n'attend pas, qu'elle doit être d'application immédiate. Maintenant que vous avez acquis un niveau de compréhension suffisant sur votre situation et sur la décision à prendre, il faut y aller ! Il est temps de mettre fin à la phase bilan et analyse, qui dure depuis un certain temps chez vous, de renoncer à l'idée que vous serez totalement prêt un jour, et de lancer un

processus qui sera fait d'apprentissage, d'essais, de réussites et d'erreurs. Changer de vie n'est plus une question de réflexion ou de maturation pour vous, mais d'action ! Vous n'avez pas besoin d'anticiper trop ce qui va arriver, il vous suffit d'en avoir une idée générale et de vous dire que tout ira bien. Vous rendre disponible pour l'action vous permettra de saisir des opportunités à venir, qui sont encore cachées et par définition inattendues.

J'appréciais à sa juste valeur la façon dont le vieux sage m'avait conduit là, et aussi cette rencontre avec l'énergéticienne qui m'avait conforté dans ma réflexion. Nous restâmes de longues minutes silencieux à regarder la mer. C'était un silence apaisant, rassurant, plein de certitudes. Quand elle atteint un tel degré de force, la vérité, notre vérité, celle qui nous correspond au plus profond, se passe de mots.

- Il vous faut apprendre à jouer avec la loi d'attraction, reprit tranquillement le sophia-thérapeute. Comme vous l'avez très bien constaté cette semaine par vos retrouvailles avec le jeune Jayce ou avec votre ancienne petite amie, ou encore par vos rencontres avec l'animateur et les enfants du centre nautique, l'énergéticienne, le *golden-boy*, l'opposant au maire ou la femme politique reconvertie, la vie vous envoie en permanence ce dont vous avez besoin et il vous suffit de repérer les signes et de saisir les opportunités quand elles se présentent. Quand vous êtes dans la bonne disposition d'esprit ou que vous vous êtes mis en situation de recevoir ces opportunités, comme ce fut le cas cette semaine en décidant de venir passer quelques jours ici et d'accepter les rencontres comme elles se présentaient, vous avez dit oui à ce que vous envoie la vie et vous avez d'autant plus attiré ces opportunités. C'est ce qu'on appelle la loi d'attraction.

- Ce que j'ai pris pour des coïncidences ferait donc partie d'une loi de la vie ?

- Il n'y a pas de hasard, c'est ce que dit la loi d'attraction. La coïncidence de retrouvailles, ou ce que nous pensons être le hasard d'une rencontre, il faut les considérer comme des opportunités d'échanger avec quelqu'un qui va nous guider et nous aider. Les mystiques diraient que ces personnes sont le reflet ou la voix des guides qui veillent sur nous, ou de nos anges gardiens, cela dépend des terminologies employées, mais c'est bien la même idée.

- Vous alimentez là mon penchant mystique ! m'amusai-je.

- Je sais Malo… Je sais.

Il avait dit ça avec un sourire quelque peu énigmatique que je ne sus pas comment interpréter. Mais cela me parlait, évidemment, sans trop comprendre pourquoi.

- Très bien ! s'exclama-t-il. Puisque nous en sommes arrivés là, il est temps pour vous de faire un petit exercice qui va vous aider à clarifier vos idées. Vous allez écrire bien proprement sur une belle feuille blanche la nature du changement auquel vous aspirez. Se sentir mieux dans sa peau et plus en phase avec ses aspirations ne nécessite pas forcément un changement radical. Il vous faut donc trancher sur l'importance du changement que vous désirez. Est-ce simplement un changement dans votre manière de vivre actuelle, en vous faisant plus plaisir et en prenant plus de recul par rapport à ce qui vous pèse, ou bien alors un changement de boulot, voire de cadre de vie, en étant prêt à refaire votre réseau relationnel ailleurs ? Souhaitez-vous un changement radical qui vous conduise à quasiment repartir de zéro ? Et le plus important dans l'ordre de ces questions : qu'êtes-vous prêt à changer en vous-même ? Êtes-vous prêt à réinterroger vos forces et vos faiblesses, votre expérience professionnelle et personnelle, votre culture, vos racines, vos désirs et vos dégoûts, vos peurs, vos espoirs et vos craintes, vos croyances, vos valeurs et vos aspirations ? C'est ce changement-là qui serait le plus radical. Et pour répondre à toutes ces questions, il va vous falloir écrire explicitement ce à quoi vous aspirez en termes d'activités quotidiennes. Comment vous rêvez-vous dans cinq ans ou dix ans ? Quelle est la vocation qui a le plus de sens pour vous et qui constituera le cœur de votre travail quotidien et une source importante de vos revenus ? Je parle bien de vocation, de ce qui vous anime au plus profond, et que vous feriez tous les jours avec passion, même sans être payé, en ayant l'impression qu'il ne s'agirait pas vraiment d'un travail, que cela ne vous demanderait pas d'effort. Et pourtant vous y consacreriez plusieurs heures par jour, et c'est bien cette activité qui vous donnerait les moyens financiers de vivre, et pourquoi pas de gagner aussi bien voire encore mieux votre vie qu'aujourd'hui. Je vais vous donner un indice : cette activité qui correspond à votre vocation, vous la réalisez déjà depuis longtemps, elle fait partie de vos passions, de ce que vous faites quand vous n'êtes plus au boulot et que vous avez du temps pour vous.

- Je vois très bien ce dont vous voulez parler ! m'exclamai-je, comme frappé soudain par une vision très claire de ce à quoi j'aspirais le plus. Pour moi, ce serait l'écriture !

- Parfait ! Partez donc de ça et remplissez votre page blanche avec les réponses à toutes les questions que j'ai évoquées.

- Je... je dois vous rendre ma copie pour la séance de demain ?

- Non, nous ne nous verrons pas demain, pour que vous ayez le temps de faire sérieusement l'exercice. Demain, vous allez faire ce que vous adorez faire : une grande balade en bord de mer, qui va vous permettre de réfléchir à tout ce que vous allez écrire sur cette fameuse page blanche. La marche chez vous, comme chez la plupart des gens d'ailleurs, suscite vos réflexions sur les choses essentielles, et j'irais même jusqu'à dire qu'elle produit en vous une forme d'illumination. Donc, utilisez cette balade pour répondre à vos questions et une fois rentré à l'hôtel le soir, noircissez cette page blanche de vos réponses.

Je quittai le vieux sage gonflé à bloc, rempli du désir de réaliser l'exercice qu'il m'avait confié. Je passais un moment très agréable à l'hôtel ce soir-là, prenant du temps pour papoter avec Jayce des choses de la vie et m'offrant un excellent dîner, arrosé de champagne et d'un très bon margaux.

16.

Le lendemain matin, je pris un solide petit-déjeuner à l'hôtel, bouclai mon sac à dos et rejoignis en voiture le cap situé à la pointe orientale de la Baie. Suivant les conseils du sophia-thérapeute, j'avais prévu une bonne marche de plusieurs heures sur le sentier qui longeait la mer et un pique-nique sur une des plages qui se trouvait sur le chemin.

J'entamai le sentier l'esprit léger, avec un grand sentiment de liberté qui me rappela les mots de Rimbaud dans son poème *" Ma bohème "* :

> *« Je m'en allais, les poings dans mes poches crevées ;*
> *Mon paletot aussi devenait idéal ;*
> *J'allais sous le ciel, Muse ! et j'étais ton féal ;*
> *Oh ! là ! là ! que d'amours splendides j'ai rêvées ! »*

Très vite, dès mes premiers pas, une évidence s'imposa à moi, pour la première fois d'une manière aussi claire, aussi puissante. Ce sentiment de liberté, cette ivresse de partir sur les chemins sans contrainte, il fallait désormais que je les ressente le plus souvent possible. Cela couvait depuis plusieurs jours, et sans doute depuis plusieurs années, mais cette fois, c'était bien décidé : j'allais changer de vie ! Je laisserais derrière moi mes vingt années de vie professionnelle au service de la boîte pour laquelle je travaillais et je prendrais la route pour de nouvelles aventures !

Le sophia-thérapeute m'avait demandé de préciser l'ampleur du changement que je voulais, et cela aussi m'apparut très clairement en commençant à arpenter ce sentier avec vue sur l'immensité de la mer : j'étais décidé à aller assez loin dans ma volonté de tout changer. Il ne s'agissait pas seulement de changer de boulot pour retrouver un boulot similaire, qui ferait appel aux mêmes compétences et mobiliserait mon expérience acquise, mais de me lancer dans une ou même plusieurs activités complètement différentes, qui nécessiteraient d'acquérir des connaissances nouvelles et de faire appel à d'autres types de qualités. C'est bien de cela dont je voulais : une aventure professionnelle véritablement neuve, avec sa part d'inconnu bien sûr mais surtout de découvertes, de créativité et de défis à relever.

J'étais tout autant décidé à ne pas limiter ce changement à mon activité professionnelle. Je voulais aussi vivre dans un cadre de vie totalement différent, loin du stress et de la folie de la région parisienne. Je voulais voir la mer, au quotidien, en sortant de chez moi. Ma décision impliquait donc la vente de mon appartement à Paris, un déménagement et un changement de région, avec les conséquences que cela aurait en termes d'éloignement de mes proches et de mon cercle amical, et de nécessité à reconstruire un réseau relationnel. Mon attirance pour la Bretagne, qui venait de loin et qui avait toujours été présente au plus profond de moi, les personnes que j'y avais rencontrées et avec qui j'avais noué des relations en y venant au fil des années, tout cela faisait que mon désir de venir m'installer dans cette région était le plus fort en regard de mes craintes de m'éloigner de mes amis parisiens. Et puis avec les moyens modernes de transport et de communication, on ne se sentait plus aussi éloigné des gens qu'on aimait et il était plus facile de se parler et de se voir, même à l'autre bout du monde.

Le vieux sage m'avait aussi demandé de réfléchir à ce que je voulais changer en moi. Fort de ce que je ressentais profondément et qui m'avait été confirmé par mes discussions avec Antinéa, ce n'était pas tellement de changer des choses en moi mais bien plutôt de me retrouver auquel j'aspirais. Retrouver mon énergie, la joie de vivre qui m'habitait toujours, le chemin de mes rêves d'enfant. Sans doute que sur ce chemin, je rencontrerais la nécessité de poursuivre mon travail intérieur, comme l'avait suggéré le sophia-thérapeute. Car même dans une nouvelle vie complètement différente, il resterait des peurs, des angoisses, des souffrances, mais je me sentais prêt à poursuivre ce travail pour progresser sur la voie de la sagesse. Cette sagesse qui n'attendait pas, qui n'avait pas besoin du temps long pour être mise en œuvre, et c'était bien ce que je voulais : ne plus perdre de temps pour approfondir ce travail sur moi-même, le plus important de tous les défis qui m'attendaient dans cette nouvelle vie.

Il y avait aussi la question essentielle de ce que je comptais faire comme activités qui occuperaient mes journées et me permettraient de gagner ma vie. Comment est-ce que j'imaginais mon existence dans cinq ou dix ans, une vie qui me ferait rêver, constituée d'activités que je mènerais avec passion, sans avoir l'impression de fournir un effort et d'effectuer un travail ? Comme je l'avais dit au sophia-thérapeute, je connaissais déjà depuis longtemps, peut-être depuis toujours, la vie qui me faisait le plus rêver.

C'était la vie d'un écrivain qui passe ses journées à écrire et à promouvoir son œuvre, en consacrant également le temps nécessaire à la lecture et aux balades permettant de nourrir son imaginaire, à la découverte d'idées nouvelles, dans les livres ou par de belles rencontres, dans la contemplation de la beauté du monde et de la vie. Je savais que là était précisément mon chemin de rêves, celui qui me permettrait de vivre mon quotidien avec passion.

Mais j'avais bien conscience qu'il était difficile de vivre de ses romans. C'est pourquoi j'imaginais toutes sortes d'activités liées à l'écrit, comme l'animation d'ateliers d'écriture ou encore un travail de correction et de conseil sur les manuscrits d'autres auteurs. Et puis en investissant intelligemment une partie du capital tiré de la vente de mon appartement dans un ou plusieurs projets immobiliers, je pourrais réussir à me constituer un complément suffisant de revenu. Écrivain et investisseur immobilier, c'était un cocktail plutôt iconoclaste, que peu de gens utilisaient pour gagner leur vie, et c'était une idée dont l'originalité me plaisait beaucoup. Je pressentais qu'elle prendrait du temps pour produire des résultats, mais je voyais assez bien comment elle allait me permettre de couvrir progressivement mes dépenses au fil des années. Pour reconquérir entièrement mon autonomie financière, je me fixais l'échéance de 5 ans, ce fameux horizon au-delà duquel le capital issu de mon appartement ne me suffirait plus pour vivre. Mais dans l'intervalle, mes revenus littéraires et immobiliers monteraient en puissance, et je n'excluais pas d'atteindre mon objectif plus rapidement.

Comme m'y avait invité le sophia-thérapeute, je m'imaginais également ce que je serais dans 10 ans : un écrivain apprécié pour la qualité et l'originalité de son œuvre, apportant du plaisir et de la sagesse à ses lecteurs, et qui aurait également réussi de bons investissements dans une activité immobilière lui permettant de s'assurer des revenus confortables et la liberté financière qui y était associée. Je visais donc une liberté la plus grande possible pour vivre de ma passion pour l'écriture en tant qu'auteur indépendant, sans stress et sans contraintes posées par qui que ce soit, et suffisamment d'argent pour voyager, me faire plaisir et répondre à mes désirs matériels, qui étaient d'ailleurs toujours restés dans des limites tout à fait raisonnables, contrairement aux excès dans lesquels nous poussait la société de consommation.

La balade dura presque six heures sur ce sentier des douaniers qui, au fil de mes pas, devenait le chemin me permettant d'imaginer mes rêves les plus fous. Comme sur ce sentier sur lequel je ne maîtrisais pas complètement le temps de marche, les paysages que j'y découvrais et les étapes qu'il suscitait, je me sentais prêt à avancer pas à pas dans ma nouvelle vie, à faire chaque jour un pas de plus sur le chemin, sans en connaître tous les détails ni le point exact d'arrivée.

Je fis une pause sur une plage magnifique pour y prendre un pique-nique constitué d'une tomate, d'un morceau de fromage et d'un fruit. La simplicité d'un repas dans un cadre qui suscitait le rêve et une formidable envie de vivre, tout à fait l'état d'esprit dans lequel j'étais ce jour-là.

Le soir à l'hôtel, je couchai toutes mes réflexions du jour sur une feuille de papier, de ma plus belle écriture. J'étais tellement heureux du chemin que j'avais parcouru pour en arriver là, et plutôt pressé de montrer le résultat de mon travail au sophia-thérapeute, quand viendrait la séance du lendemain.

17.

Ce matin-là, un vendredi, je me réveillai de particulièrement bonne humeur. J'étais déjà au dixième jour de mon séjour. Dix jours, c'était la période de congés que m'avait initialement accordée mon *boss*, que j'avais réussie à transformer en douze jours en incluant les week-ends, dans une ultime négociation dont je n'étais pas peu fier.

J'avais prévu de passer ma dernière journée aux Havres Blancs le lendemain et de prendre la route en début de soirée, pour arriver à Paris dans la nuit afin d'éviter les embouteillages. Je retrouverais alors les désagréments de mon quotidien, mais motivé par l'idée que ce ne serait que temporaire puisque je mettrais rapidement en œuvre ma décision de changer de vie.

J'essayai de profiter de ma journée mais j'étais tellement impatient de retrouver le sophia-thérapeute pour ma séance du soir que j'eus du mal à penser à autre chose et que je trouvai le temps long jusqu'à 18 heures. À tel point que je passai plusieurs fois dans l'après-midi devant le banc où nous nous retrouvions, espérant qu'il y serait déjà. Mais bien sûr, il n'y était pas et il me fallait bien intégrer ce que le vieil homme avait appelé le *kairos*, ce terme grec évoquant l'idée que les choses arrivaient au moment propice et qu'il fallait avoir la sagesse et la patience d'attendre ce moment.

À 18 heures donc, je m'assis à ses côtés, un large sourire aux lèvres qui le fit bien rire, d'un rire qui n'était pas moqueur mais attendri en constatant le chemin que j'avais accompli depuis notre première rencontre. Avec une grande fierté, je lui tendis une enveloppe dans laquelle j'avais soigneusement plié la feuille contenant les réponses aux questions sur lesquelles il m'avait demandé de réfléchir. J'eus alors la surprise de voir le sophia-thérapeute prendre l'enveloppe et la glisser dans sa poche sans l'ouvrir.

- Comment... comment ça ? Vous ne regardez pas le résultat de mes réflexions ? demandai-je, ne cherchant pas à dissimuler mon étonnement.
- Non.
- Mais... mais pourquoi ?
- Parce que je n'ai pas besoin de connaître les réponses que vous avez apportées aux questions que je vous ai posées, pour la simple et bonne raison que je n'ai pas à porter un jugement sur vos réponses.
- Mais alors... cela veut dire que... vous ne vous intéressez pas à ce que j'ai répondu, soupirai-je avec une moue boudeuse.
- Je vous demande de bien réfléchir à ce que vous venez de dire et à ce que vous ressentez en découvrant que je ne vais pas lire votre texte. Vous devez bien comprendre le fait que c'est votre ego qui réagit ainsi, se sentant piqué au vif. Vous n'avez quand même pas écrit tout ça pour en être fier auprès de moi et pour que je puisse vous dire que vous avez bien travaillé et que vous êtes

formidable d'avoir pris une telle décision ! Et vous avez encore moins besoin d'une réassurance de ma part, que je vous rassure en vous disant que ce que vous avez écrit est ce qu'il fallait écrire. Ce que vous avez décidé, et la manière dont vous l'avez traduit dans le détail sur cette feuille de papier, c'est pour vous que vous l'avez fait, et ce que je peux en penser n'a aucune importance, croyez-moi... Le travail que nous avions à réaliser ensemble, nous l'avons fait avant que vous ne noircissiez cette feuille. Ce travail est désormais terminé.

Je restai sans voix. À la vérité, j'étais traversé par des sentiments contradictoires. D'un côté, j'étais très content du travail accompli, de ma rencontre avec cet homme si bienveillant et de la décision que j'avais prise au terme de ce séjour breton, et je comprenais parfaitement ce qu'il voulait dire en m'expliquant pourquoi il ne lirait pas ce que j'avais écrit. Je sentais bien que c'était la marque d'une profonde sagesse. Mais d'un autre côté, j'avais tellement envie de savoir ce qu'il en pensait et je ne ressentais pas ça comme de la fierté mal placée. Et puis il y avait aussi le choc émotionnel provoqué en moi quand il avait prononcé cette dernière phrase : « Ce travail est désormais terminé ».

Il avait évidemment saisi mon trouble et il sut trouver les mots pour sortir du silence pesant qui s'était installé entre nous.

- Vous ne devez être ni triste ni troublé à l'idée que notre travail est terminé.

- Mais d'où vient ce trouble ? Je devrais être tout simplement content à l'idée que j'ai pris une décision qui va changer ma vie pour le meilleur...
- Si vous en êtes troublé, c'est peut-être que vous avez conscience au fond de vous-même que cette décision n'est pas un aboutissement, et que cette affaire n'est pas du tout terminée, bien au contraire.
- Que voulez-vous dire par là ?
- Vous avez franchi une étape évidemment indispensable en prenant la décision d'un changement de vie, mais ne croyez pas que vous soyez au bout du processus pour autant. Votre décision vous a permis de trancher ce conflit intérieur qui vous occupait depuis plusieurs années entre votre envie de changer et votre besoin de sécurité qui vous empêchait de décider de ce changement. Vous avez fini par comprendre que cette sécurité pouvait n'être que relative et qu'il était normal qu'elle ne soit pas absolue, et votre motivation pour changer a été si forte qu'elle vous a permis de supplanter vos peurs. Mais cela ne signifie pas que vous ayez totalement vaincu ces peurs et que vous n'allez pas continuer à subir des conflits intérieurs dans la phase de mise en œuvre du changement. Ces peurs toujours présentes vont vous faire encore douter et possiblement remettre en cause votre décision. Il vous faudra alors faire preuve de patience, de persévérance, agir au quotidien pour expérimenter des choses et réussir dans votre nouvelle vie, et puis bien sûr poursuivre le travail sur vous-même pour tenir ce cap.

- Mais comment vais-je pouvoir faire face à ces peurs et ne pas me décourager ?
- Vous devrez sans cesse vous rappeler que vous êtes fort de tout ce que nous avons exploré ensemble et qui sont autant de points d'appui pour marcher sur le chemin qui vous attend.
- En fait, j'ai eu l'impression de redécouvrir une sagesse qui était déjà en moi.
- C'est très juste. Et si vous deviez résumer en quelques mots ces redécouvertes, que diriez-vous ?
- Que je me suis rappelé l'enfant que j'étais et ce chemin de mes rêves que je devais retrouver, en repartant des passions qui m'animaient, des lieux et des gens qui me faisaient vibrer. J'ai réalisé à quel point les rencontres que je faisais m'aidaient à retrouver ce chemin et à savoir comment le parcourir, et puis à recevoir les messages que m'envoyaient ces rencontres nouvelles, comme les retrouvailles avec les personnes placées à nouveau sur mon chemin. J'ai appris à me saisir en pleine conscience de ce que la vie m'offre et à utiliser ce que vous avez appelé « la loi d'attraction ». J'ai aussi compris à quel point la maîtrise de toutes ces énergies peut m'apporter la santé du corps et un profond sentiment d'équilibre. Et puis j'ai appris à comprendre mes peurs et à les apprivoiser, à les maîtriser pour qu'elles ne m'empêchent pas d'avancer, de décider et d'agir. Décider et agir ! Agir !

En m'entendant prononcer ces mots, le vieux sage me regarda l'œil pétillant, avant de lâcher :

- Un rêve n'est pas une rêverie, mais une vision qui nous pousse à agir et qui doit pouvoir se réaliser par nos actions.

Je le regardai avec intensité, plein de reconnaissance pour les leçons de vie qu'il m'avait délivrées durant ces dix jours passés à le retrouver sur ce banc.

- À votre résumé, il manque un élément essentiel, que vous avez sûrement en tête mais que vous n'avez pas énoncé, poursuivit-il. Votre rêve, ce n'est pas qu'une aventure personnelle, car il rejoint les rêves de tant d'autres gens. Vous devez ainsi contribuer à une aventure collective, en utilisant votre expérience pour aider celles et ceux qui partagent votre rêve à se mettre également sur le chemin de sa réalisation.
- Vous voulez... Vous voulez dire que les livres que j'écrirai contribueront à réaliser un rêve collectif ?
- Traduisez ce que je vous dis comme vous le sentez, en empruntant le chemin qui sera le vôtre, mais sans jamais oublier qu'il ne concerne pas que vous. Ce sera votre contribution à cette vie formidable, à toute cette énergie qui nous est offerte et qu'il nous faut partager.

Nous restâmes longtemps silencieux, assis côte à côte, à contempler l'immensité de la mer et cette douce lumière du soir qui était en train d'envahir la Baie. Il flottait entre nous un tel sentiment de paix, de contentement, de gratitude. L'énergie de la vie ! La beauté de nos existences en ce monde qui peut nous offrir tout ce à quoi nous rêvons, à condition d'en saisir les opportunités par nos décisions et par nos actions.

- Je crois, cher Malo, qu'il est temps de nous dire au revoir, déclara le vieux sage avec une infinie douceur.
- Est-ce que... est-ce que nous nous reverrons ? implorai-je, tandis que les larmes montaient en moi et que je sentais l'émotion du moment prête à me submerger.

Le sophia-thérapeute répondit à ma question par un simple sourire.

- J'aurai tellement besoin de vous revoir, pour que vous m'éclairiez sur la suite du chemin, insistai-je.
- Il vous faut maintenant prendre la route seul et affronter l'inconnu. Il faut vous préparer à un changement intérieur profond, bien au-delà des changements matériels inévitables que va provoquer votre décision. Il va vous falloir explorer le rapport à vos désirs, à vos plaisirs, à vos envies, et bien sûr à vos peurs, et il arrive un moment où ce travail doit être réalisé seul face à soi-même.
- Comment... comment pourrai-je vous contacter si j'ai besoin de vous ?
- Ne vous inquiétez pas pour ça. Quand vous en ressentirez le besoin, vous saurez comment et où me trouver.

Sur ces mots, il se leva du banc, me salua dans un sourire et s'éloigna sans se retourner. Je compris à son attitude qu'il ne fallait pas me laisser envahir par l'émotion d'un au revoir, parce que c'est un moment nécessaire qui ouvre sur tant de possibles. Je restai seul sur le banc. Seul sur le chemin de cette grande aventure qui me conduirait vers la réalisation de mes rêves.

18.

Le soir venu, je rentrai à l'hôtel en comptant chacun de mes pas sur le sentier, habité par un profond sentiment d'apaisement et par une énergie incroyable.

En arrivant à la réception des Havres Blancs, je croisai Antinéa, ma déesse atlante.

- Malo ! Cela fait plaisir de vous voir comme ça, vous êtes rayonnant !
- Merci à vous Antinéa, de m'avoir transmis une part de votre lumière.
- Cette lumière, elle a toujours été en vous, et elle ne demandait qu'à se réveiller.
- Je sais Antinéa... Maintenant, je sais.
- Alors c'est génial !
- J'ai été un peu aidé, reconnus-je avec humilité. Par vous, et puis par ce sophia-thérapeute avec qui je viens de vivre ma dernière séance.
- Ah, le sophia-thérapeute...

Elle avait dit ça avec un air énigmatique qui attisa ma curiosité.

- Pourquoi vous dites ça comme ça ?
- Il y a une chose que vous devez savoir à propos de ce vieux sage, c'est qu'on ne sait pas si cet homme existe vraiment. Des gens comme vous disent

l'avoir rencontré mais personne dans le coin ne sait qui il est exactement...

J'étais estomaqué par cette information que me donnait l'énergéticienne.

- Mais... ce que vous dites est tout simplement... impossible ! m'exclamai-je
- Pourquoi ça ?
- Parce que j'ai vraiment discuté de longues heures avec cet homme et qu'il me paraissait tout à fait réel !
- Les frontières entre le rêve, la réalité et notre imagination sont plutôt floues, mon cher Malo...
- Mais je n'étais pas toujours seul quand je l'ai vu... Ou alors cela voudrait dire que les enfants et les animateurs du centre nautique ont été aussi victimes de leur imagination que moi, ou alors qu'ils n'étaient pas réels eux non plus !
- À vrai dire, je ne peux pas être affirmative sur le sujet. Le centre nautique, avec ses enfants et ses animateurs, est un lieu de rêves par excellence, et je ne serais pas étonnée que les gens qui le fréquentent puissent être aussi victimes que vous de leur imagination.
- Mais vous Antinéa... vous êtes bien...
- Réelle ?
- Oui, c'est ça !
- Ha ha ha ! Oui Malo, je suis bien réelle ! Mais en fait, est-ce que cela a une quelconque importance ?
- Bah oui, quand même ! Je préfère penser que tout ce que j'ai vécu ici était bien réel !

-   Vous savez Malo, que ce soit bien réel ou le fruit de votre imagination, cela importe peu en vérité. Car l'essentiel est que vous vous laissiez toujours guider par vos rêves, mais surtout que vous agissiez pour les transformer en réalité.

Sur ces paroles, elle me souhaita une bonne soirée, insistant sur le plaisir qu'elle aurait à me revoir à l'occasion de mon prochain séjour aux Havres Blancs. Moi aussi, j'espérais bien la revoir, mais je finissais par douter que cela soit possible, et encore plus de la possibilité de revoir ce cher sophia-thérapeute.

19.

Après le dîner, j'avais retrouvé Jayce sur la terrasse de l'hôtel, une fois son service terminé. Comme au premier soir de nos retrouvailles.

Nous étions un peu tristes de devoir nous quitter, mais tellement persuadés que nous allions nous revoir que c'était une grande sérénité qui l'emportait entre nous.

- Je suis heureux pour toi, que tu aies réussi à prendre cette décision de changer de vie, affirma le jeune Américain, avec ce large sourire dont il était si peu avare.
- Tu sais Jayce, tu as contribué à cette décision, en me donnant envie par tes rêves de repartir sur le chemin de mes propres passions.
- Moi mes rêves, je les veux les plus grands possible, pour avoir une chance de voir s'en réaliser au moins une partie !
- Et tu as bien raison ! Il ne faut pas se fixer de limites. Les seules limites qui existent dans la vie, ce sont celles que nous nous fixons nous-mêmes, et il y a tellement de gens qui n'osent pas rêver trop fort, parce qu'ils considèrent que ce ne serait pas raisonnable.
- Mais on s'en fout de ce qui est raisonnable ! Ce qui est raisonnable, c'est de tout faire pour être

heureux dans la vie, en suivant le chemin de nos plus belles envies.

- Au fond, nous partageons le même rêve tous les deux. Celui de trouver ce chemin vers la mer, celui qui nous mène sur notre plage des rêves.
- La plage de notre golfe varois !
- Oui, c'est exactement ça ! Celle où nous nous sommes rencontrés !

Jayce tira sur sa cigarette et je fis de même, et nous savourâmes ce moment de complicité, comme deux vieux amis que nous n'étions pas encore tout à fait.

- Je suis content que le hasard nous ait remis sur la route l'un de l'autre, pour vraiment se découvrir et pouvoir devenir amis, poursuivis-je.
- Il n'y a pas de hasard.

Lui sourire était la seule réponse que j'avais trouvée à cette affirmation qui m'avait laissé sans voix : « Il n'y a pas de hasard ». J'aimais tellement cette façon presque mystique de donner un sens à nos vies et à nos rencontres. Du haut de ses vingt ans, Jayce maîtrisait encore quelques secrets de sagesse que j'avais oubliés depuis trop longtemps et qu'il était grand temps que je redécouvre.

Je me souvenais encore de l'énergie de vivre qui se dégageait de lui quand je l'avais vu faire du skate sur la plage de notre camping varois, et du plaisir que j'avais ressenti à le voir rire de ses maladresses de gamin. Déjà à l'époque de notre première rencontre, il m'avait reconnecté avec cette âme de l'enfance que nous ne devrions jamais oublier.

Avant de nous dire au revoir, nous avions échangé nos coordonnées. Le destin nous avait remis sur la route l'un de l'autre, et il n'était plus question de se perdre de vue.

20.

L'après-midi du dernier jour venue, je me dirigeai l'esprit libre vers la plage où je passai un bon moment seul, face à la mer. Et là, surprise ! Mes pensées n'arrivaient pas à se fixer sur mes préoccupations habituelles. Dans la douceur de cette fin d'après-midi ensoleillée, exalté par la brise marine qui me chatouillait les narines, il me vint l'envie de penser à autre chose qu'à mes petits problèmes et à mon avenir incertain.

Les yeux perdus dans les vagues, je songeais à toutes ces choses qui font les vies humaines. À ces moments où l'on apprend à apprécier l'existence à sa juste valeur, sans se soucier du lendemain ni même de l'instant d'après. À ces moments où l'on se retrouve pour faire ce que l'on aime, faire toutes ces choses, petites ou grandes et qui n'appartiennent qu'à nous, ou pour ne rien faire, si aucune envie ne nous anime. À tous ces moments si simples et pourtant si peu avares en bonheur. À l'amour des êtres qui nous sont chers ou à celui des êtres désirés, cet amour qui orchestre notre vie et lui donne toute sa saveur. Le prodigieux spectacle de la vie s'offrait ainsi à moi dans toute sa plénitude. Humble devant lui, je me soumettais à sa force et j'acceptais de reconnaître sa grandeur.

Je n'étais pas totalement assuré de la direction que prendrait ma vie, mais j'acceptais enfin que les choses puissent se découvrir en marchant et qu'il n'y eut pas de vérité absolue à chercher. Parce qu'il n'y avait pas de plus grand sens que cette joie à laquelle j'avais appris à reprendre goût en retrouvant le chemin de mes rêves. Un esprit en paix, un peu d'amour et de pain, c'était si simple et pourtant si puissant, et puis surtout beaucoup de chaleur humaine pour réchauffer nos cœurs. *Carpe diem* ! Profite du jour présent. Cueille dès aujourd'hui les fleurs de la vie, et que ta vie soit extraordinaire ! L'ordinaire pour moi, c'était mon boulot, sa pression et sa routine, ma vie parisienne avec son stress et ses désagréments qui n'avaient fait que s'accentuer au fil du temps. L'extraordinaire, c'étaient ces quelques instants d'absolu passés à contempler la mer, et ce beau séjour breton qui m'avait si bien rappelé pourquoi je vivais.

Les années tournaient, le temps avançait et il ne me laissait plus assez vivre, avec toute l'intensité qui peuplait encore mon imaginaire débordant de rêves à assouvir. J'aurais voulu refaire le chemin à l'envers, pour retrouver un peu de cette fraîcheur de l'enfance qui nous manque tant à nous, soi-disant adultes, qui devrions être si sages et qui sommes si peu heureux. J'aurais aimé croire que je n'avais pas perdu mon temps, ces précieuses années depuis l'époque de ma jeunesse où l'insouciance de l'âge échafaudait et réalisait parfois mes rêves les plus fous. J'aurais voulu me convaincre que j'avais vécu tout ce temps comme il fallait le vivre, pour en sortir plus fort maintenant qu'il s'agissait d'attaquer la deuxième partie de ma vie. Parce qu'un homme européen d'aujourd'hui peut espérer vivre 80 à 85 ans, et que j'en avais déjà 46 passés.

Je n'arrivais plus à partir de cette plage où j'avais vécu de si bons moments ces derniers jours. D'ici une heure ou deux, il me faudrait retourner à Paris, quitter ce joli coin de Bretagne que j'avais arpenté chaque jour avec une joie sans cesse renouvelée. Ici, j'avais marché, contemplé, et respiré fort cet air de liberté qui m'avait redonné le goût de vivre et de rêver. Je me sentais profondément réconcilié avec moi-même. Je n'avais pas l'impression d'avoir changé mais au contraire, de retrouver l'homme que j'avais toujours été. Cet homme qui, enfant, savait guider ses pas vers la fontaine qui l'abreuverait et profiter pleinement de la vie qui lui était offerte. Cet homme qui sentait que la providence veillerait sur lui à chaque instant, du moment qu'il s'engageait sur le chemin de ses désirs les plus essentiels. Le chemin d'une formidable aventure.

21.

Le même été, à la fin du mois d'août.

Le soleil chauffait déjà très fort en cette fin de matinée et il pouvait vous brûler les pieds s'il vous prenait l'envie d'enlever vos tongs pour les poser sur le sable de la plage. Magnifique et apaisante, la mer se mêlait au ciel d'un bleu azur, avec juste ce qu'il fallait de nuages, dispersés par petites touches comme s'ils avaient été dessinés par le pinceau d'un peintre délicat.

Le restaurant de plage offrait quelques tables sur le sable pour boire un café ou un verre, dans l'espace qui séparait la terrasse des matelas qu'on pouvait louer avec leurs parasols pour profiter de la mer et du soleil. Un endroit typique de cette Côte d'Azur qui portait si bien son nom et dont il fallait savoir apprécier le charme particulier de son animation estivale, avec tout ce monde qui la fréquentait aux jours les plus solaires de juillet et août.

J'avais découvert ce petit coin de paradis il y avait plus de vingt ans déjà. Je cherchais alors un endroit pour passer une journée à la plage et rompre ainsi le rythme de ma semaine de randonnées, dans la chaleur et les odeurs du Massif des Maures tout proche. Depuis, je ne comptais plus le nombre de fois où j'y étais revenu. C'était devenu, en quelque sorte, ma plage des rêves. Celle de mes rêves d'enfant.

Bien entendu, les lieux avaient changé depuis ce temps-là. Si la structure de base avait sans doute été conservée, le restaurant et sa terrasse avaient bénéficié d'un réaménagement plutôt réussi et des palmiers avaient été opportunément rajoutés sur la plage. Mais en réalité, quelque chose d'essentiel subsistait du lieu que j'avais toujours connu. Ce quelque chose qui fait que l'on se sent bien à un endroit, un peu comme chez soi. Depuis toujours, et peut-être même depuis d'autres vies.

Le garçon de plage, qui s'occupait également de l'espace bar, m'apporta mon café avec un verre d'eau bien fraîche. D'aussi loin que je me souvienne, il avait toujours eu cette délicate attention à mon égard.

- Cela fait combien de temps qu'on se connaît, Tom ? lui demandai-je, tout en le remerciant pour le café et le verre d'eau.
- Alors là, tu me poses une colle ! Un paquet d'années déjà...
- Je dirais, sept ans...
- Tu as une bonne mémoire, je suis épaté !
- C'est étrange, les repères que se donne notre mémoire... Mais je suis aidé par le fait que j'ai récemment retrouvé un jeune Américain croisé ici il y a cinq ans, et il me semble que toi et moi, nous nous sommes connus deux étés auparavant.
- J'étais tout jeunot... s'amusa-t-il.
- Mais tu as gardé cette fraîcheur de la jeunesse, mon cher Tom, et tu es toujours aussi beau ! Et déjà à l'époque, tu pensais à m'apporter un verre d'eau bien fraîche avec le café.
- C'était un bon point pour moi.

- C'était assurément un très bon début, et la suite m'a confirmé que tu étais ce gars bien que j'avais imaginé dès la première fois.
- Quant à toi, tu travaillais déjà sur ton petit ordinateur rouge en prenant ton café le matin.
- Toi aussi, tu as une bonne mémoire ! Je m'étais déjà lancé dans l'écriture de mes romans, mais sans vision précise à l'époque sur mon intention de les publier.
- C'est bien dommage.
- C'est ce que tu m'as toujours dit en effet, et tu as toujours eu parfaitement raison d'insister. Mais il faut que tu saches que quelque chose a changé en moi ces derniers temps, et que j'ai décidé de me lancer dans leur publication.
- C'est vrai ? Mais c'est une super nouvelle ça !
- J'en avais marre de ma vie de routine, alors j'ai enfin décidé de tout changer.
- Je me souviens très bien que tu commençais à en avoir marre quand tu venais ces derniers étés. Il était vraiment temps que tu changes de vie.

Je n'avais jamais compris que Tom avait à ce point senti ma démotivation au fil des années, puisqu'il avait eu la délicatesse de ne jamais m'en parler, alors qu'on se croisait tous les étés au resto de plage. Peut-être que si on demandait aux personnes qui nous côtoient ainsi occasionnellement et qui n'ont pas d'autre enjeu que le plaisir de nous revoir, ce qu'elles pensent de là où nous en sommes dans notre vie, elles nous inciteraient à prendre plus tôt les décisions qui s'imposent.

La plage commençait à se remplir de clients. Je laissai donc Tom à son travail, tandis que j'allumais mon ordinateur pour me replonger dans l'écriture de mon roman en cours. J'eus alors l'idée d'y introduire une scène de dialogue avec un garçon de plage. J'ai toujours aimé m'inspirer ainsi des endroits que je fréquente et des personnes que j'y rencontre pour en faire des scènes de mes romans.

Désormais, je pourrai me consacrer pleinement à l'écriture et à la publication de mon œuvre, pour en faire profiter les lecteurs qui, tout comme moi, aiment savourer ces petits plaisirs que nous offre la vie et toute la sagesse qu'elle nous apporte. En espérant aussi qu'ils puissent vivre un peu de leurs rêves, le temps au moins de tourner les pages d'un livre.

Je reste profondément marqué par cette phrase qu'a prononcée le sophia-thérapeute lors de notre dernière rencontre :

> « Un rêve n'est pas une rêverie, mais une vision qui nous pousse à agir et qui doit pouvoir se réaliser par nos actions. »

Épilogue

« Elle est retrouvée !
Quoi ? L'éternité.
C'est la mer allée
Avec le soleil. »

Arthur Rimbaud

J'ai renoncé à mon ancienne vie quand j'ai enfin compris que cela ne pouvait plus être ma vie. J'ai su à partir de ce moment-là que je ne voulais pas me résigner à stagner dans une existence qui m'avait apporté beaucoup de motivation et de satisfactions, mais qui n'était plus celle dont j'avais envie, parce qu'elle ne correspondait plus au chemin de mes rêves d'enfant.

Si j'ai réussi à prendre la décision d'un changement radical, c'est à force de réflexion, mais aussi et peut-être surtout grâce à des personnes bienveillantes et lumineuses qui m'ont fait comprendre que je n'avais rien à craindre de ce changement et au contraire, tout à y gagner. Ces personnes sont les guides qui m'ont remis sur le chemin que j'arpente aujourd'hui. Elles m'ont donné les clés pour me décider à tenter la grande aventure, avec pour fil d'ariane ce qui a toujours été mon mythe personnel, celui de devenir écrivain. Et je sais que derrière ce mythe, il y a quelque chose d'une tout autre importance, une chose qui dépasse de loin mon histoire personnelle, et que cette chose, c'est tout simplement l'amour. L'amour des lieux et des êtres désirés. C'est bien mon profond désir pour les êtres rencontrés, et l'amour de ces rencontres dans mes lieux de rêves, qui m'ont convaincu de ne plus rester sur le seuil mais d'oser franchir la porte.

Est-ce que j'ai réussi dans ma nouvelle vie ? Est-ce que j'y ai rencontré les obstacles sur lesquels le sophia-thérapeute m'avait bien mis en garde ? C'est une autre histoire, que je vous raconterai peut-être, si je dispose d'assez de temps sur mes chemins de rêves pour me poser et ouvrir mon petit ordinateur rouge. Car voyez-vous, le chemin nécessite d'apprendre non seulement la volonté mais aussi la patience, et votre apprentissage commence aujourd'hui.

Du même auteur :

Antilia, le Livre des Pouvoirs, 2018, Librinova

Antilia - tome 2, le Livre des Origines, 2018, Librinova

Antilia – tome 3, le Livre de l'Amour, 2019, Librinova

Pour approfondir l'univers de l'auteur, rendez-vous sur son site internet :

https://livratlante.com

Pour lui écrire : contact@livratlante.com

page facebook : marc Ratsimba – sagesse des origines

.